LES

DINERS

ARTISTIQUES ET LITTÉRAIRES

DE PARIS

OUVRAGES DU MÊME AUTEUR

Format in-8

Récits sur l'Histoire de Lorraine, 2 portraits.

Récits sur l'Histoire d'Alsace, 1 portrait.

Mémoires de l'Élection de l'Empereur.

Charles VII en 1741, avec préface et notes (épuisé).

Format in-16

Histoire de la Commune	3 fr.
Voyage de Laponie, de Regnard, avec préface et notes.. .	4 fr.
Voyage aux Pays révolutionnaires................	3 fr
Les discours du trône, depuis 1814 jusqu'en 1870 avec préface et notes........o..............	3 fr.
Les Boutiques d'esprit (grands journaux et grandes librairies de Paris).............................	3 50
Les Cafés artistiques et littéraires de Paris....	4 fr.
Le Roman d'un Parvenu (épuisé).	
Mademoiselle de Merville (épuisé)	
L'Odyssée d'une Comédienne.....................	3 50
La Sirène de l'Argonne	3 fr.
Le Roman d'un gentilhomme.....................	3 fr.
La Vie d'un Artiste (Les derniers Bohêmes).... .	3 50
Le Roman d'un Héros	3 fr.

AUGUSTE LEPAGE

LES

DINERS

ARTISTIQUES ET LITTÉRAIRES

DE PARIS

DEUXIÈME ÉDITION

PARIS

BIBLIOTHÈQUE DES DEUX MONDES

FRINZINE, KLEIN ET Cⁱᵉ, ÉDITEURS

1, RUE BONAPARTE, 1

1884

Il a été tiré de cet ouvrage :

20 exemplaires sur papier de Hollande, numérotés,
au prix de.   .   .   .   .   8 francs

A ANDRÉ THEURIET

Depuis plusieurs années, les peintres, sculpteurs, poètes, prosateurs, en un mot tous ceux qui s'occupent de ce qui touche à l'art et à la littérature se réunissent par groupes, et ces réunions périodiques forment ce qu'on appelle des Dîners.

Pour faire partie de certains de ces dîners, il faut être né dans une région quelconque de la France. La Pomme *rassemble les Normands et les Bretons ; la* Cigale, *les méridionaux, depuis Nice jusqu'à Bayonne ; la* Soupe aux choux, *les Auvergnats ; le* Dîner celtique, *les Bretons ; à l'*Homme qui bêche, *on ne tient pas compte du lieu de naissance, il suffit d'être poète ; le* Bœuf nature, *la* Macédoine, *le* Bon Bock *sont en grande partie composés d'écrivains et d'artistes appartenant à l'école dite* *naturaliste. A l'*Hippopotame *ce sont les anciens prix de Rome, etc.*

Ces dîners sont un des côtés vivants de l'existence parisienne. En écrire l'histoire, c'est faire défiler sous les yeux du lecteur tout ce que Paris renferme de célébrités dans tous les genres, et, en même temps, mettre en relief, l'importance de la province sous le rapport de l'art et de la littérature.

C'est vous, mon cher Theuriet, qui m'avez donné l'idée, après les Boutiques d'esprit *et les* Cafés artistiques *et* littéraires, *de m'occuper des* DINERS. *Votre idée était excellente, M. Paul Dalloz, dans* le Moniteur Universel *et ensuite M. Robert Mitchel, dans* le Gaulois *insérèrent ces tableaux qui changent sans cesse et sont parfois si difficiles à peindre.*

La réunion d'aujourd'hui ne ressemble pas à celle d'hier. Il y a des nouveaux, remplaçant les absents. Vous, l'observateur si fin, devinez toutes ces nuances que ne saisit pas toujours le plus clairvoyant.

C'est que si votre esprit saisit les grands faits que

votre talent développe, les petites choses, les détails les plus insignifiants ne vous échappent point et vous savez les mettre en évidence.

Lorsque vous vous promenez dans les belles forêts de notre chère Lorraine, les grands chênes, les hauts sapins, les hêtres énormes ont en vous un chantre sans pareil. Mais vous savez que les petits aussi ont leur grandeur.

Le joli-bois qui pousse sur les sols les plus arides attire par son parfum pénétrant ; on s'approche, on se baisse et on admire ses fleurs bleues qui ont poussé avant les feuilles. Le muguet odorant ne dépassant pas en hauteur l'herbe courte qui l'entoure ; le coucou dont les enfants font des balles qu'ils se lancent de main en main ; le sainfoin poussant en touffes dans les friches grises; le pied d'alouette si gracieux, tout a pour vous un attrait, un charme que vous savez communiquer à ceux qui vous lisent.

Le bourdonnement de l'abeille, la légèreté du papillon aux miroitantes couleurs; la bête à bon dieu qui traverse rapidement un sentier ; le grillon qui chante, caché dans son trou, sont des causes de plaisir et des motifs de poésies charmantes, de nouvelles délicieuses.

Dans ces dîners où vous assistez, quelquefois votre pensée est loin, l'âme est séparée du corps, elle plane au-dessus de nos collines dont les flancs nous fournissent le vin — ce petit vin frais qui fait tant de plaisir à boire — dont les sommets sont couronnés de forêts formant dans toutes les directions comme d'immenses lignes de verdure. Et nos vallées étroites où glissent entre les glaïeuls les ruisselets où viennent se désaltérer les oiseaux, les jardins pleins d'arbres couverts de fleurs ou de fruits !

Je vous connaissais avant de vous avoir vu ; j'avais lu vos œuvres alors connues seulement d'un public restreint et que je qualifie tout bas de délicat, de peur que cette louange ne monte jusqu'à moi, car j'étais de ce public.

Quand pour la première fois je vous vis, je n'éprouvai aucune surprise ; vous étiez bien l'homme de vos œuvres.

C'est à cause de ce sentiment qui en moi n'a jamais

varié, que je dédie ce volume au compatriote n'ayant point oublié le pays où il a été élevé, au confrère qui a consacré son talent à faire valoir les beautés de ces contrées pittoresques dont j'ai, comme lui conservé le plus doux souvenir.

A. L.

Mai 1884.

LE DINER

DE

LA SOCIÉTÉ DES GENS DE LETTRES

1

LE DINER

DE LA SOCIÉTÉ DES GENS DE LETTRES

Pour assister à cette réunion, il faut faire partie de la Société des gens de lettres, soit comme membre actif, soit comme adhérent. Les directeurs de journaux ayant des traités avec la Société peuvent également prendre part à ces agappes.

Les littérateurs habitant Paris sont fort irréguliers, et ne se rendent au lieu du rendez-vous que d'une façon intermittente. A notre avis, c'est un tort ; car, autour d'une table, on apprendrait à se connaître ; et bien des querelles de plume, qui se terminent trop souvent par des personnalités violentes et quelquefois par des duels, seraient ainsi évitées.

Parmi les plus assidus, on remarque M. Oscar

Commettant, rédacteur du *Siècle*, qui connaît parfaitement la question musicale. Il a fondé le *Dîner
des critiques.* Actif, amusant, ami du bruit qui peut se
faire autour de son nom, M. Commettant n'oublie
aucun des petits moyens de se faire de la réclame.
Du reste, s'il la fait pour lui, il la fait aussi pour ses
amis. Admirateur passionné de Charles Gounod, il
ne laisse passer aucune occasion de faire parler du
célèbre compositeur.

Au *Dîner*, M. Oscar Commettant cause de tout
et sur tout : donne des leçons d'agriculture à
M. Richard du Cantal, critique les plans de campagne de Napoléon Ier ; s'il eût été le maître de la
France au lieu de Bonaparte, d'un coup d'archet,
l'Europe étonnée se transformait. Les peuples s'é-
mancipaient en musique, les rois se sauvaient au
son des notes harmonieuses, les magistrats rendaient
leurs jugements sur des airs variés, et les codes, mis
en vers et orchestrés, perdaient cet air rébarbatif
qui les rend peu sympathiques.

M. de Pompéry, partage les idées politiques de
M. Commettant, mais il ne les met pas en musique ;
M. Ernest Dettré, l'auteur de deux volumes de nouvelles un peu folichonnes, assiste au *Dîner* assez
régulièrement. On y voit aussi quelquefois M. Marcel Coussot, doublement homme de lettres par
l'emploi qu'il occupe à l'administration des Postes.
Dans un de ses romans, *Master Biks*, que publia le
Foyer, il a pris pour type une espèce de chevalier
d'industrie, qui, après avoir eu toutes les ambitions
et subi toutes les humiliations, s'est échoué dans un
bureau de placement. Cet idiot a une manie, qui est
de vouloir faire accepter comme un service rendu
un acte qu'il fait parfaitement payer.

M. Edouard Montagne, rédacteur du *Mémorial
diplomatique*, est plus exact, de même que M. Félix
Jahier, qui a dirigé le journal *Paris-Théâtre* durant
plusieurs années. Emmanuel Gonzalès, délégué de
la Société, assiste aussi au *Dîner* ; M. Richard du
Cantal, l'éminent agronome, y fait acte de présence

lorsqu'il se trouve à Paris : Mme Raoul de Navery, historien érudit et romancier d'imagination, y paraît en toilette élégante ; M. du Boisgobey ne s'y montre qu'à de longs intervalles. Mme Georges de Peyrebrune, une femme du monde qui a publié quelques romans fort remarquables, pleins de détails, peut-être un peu vifs. *Les Femmes qui tombent*, roman très mouvementé, est dans ce genre, la meilleure œuvre de cet écrivain qui réunit au talent l'esprit et la beauté. A chaque dîner on voit des visages nouveaux, mais la politique tue ces réunions, qui devraient être si agréables.

Le *Dîner* a lieu le deuxième lundi de chaque mois, au restaurant Richard, au Palais Royal ; l'été on va à la campagne ou au restaurant du grand parc d'Alger, au Point-du-Jour. Le prix est fixé à six francs. Les invitations sont envoyées personnellement aux membres et adhérents de la Société des Gens de Lettres habitant Paris. Elles sont imprimées sur papier aux couleurs variées. Le menu est entouré d'un encadrement fantaisiste. Au bas, des petits marmitons qui rédigent des sauces ; sur le côté, des bonshommes nus et joufflus portant des plats divers, et au sommet une femme demi-nue assise sur un canapé, ayant devant elle une table sur-chargée de mets variés et de bouteilles de différents formats.

Du reste le dessin de cette carte change souvent.

DINER DENTU

(Ancien diner Taylor)

DINER DENTU

(Ancien dîner Taylor)

Le dîner Taylor fut fondé, en 1866, par le baron Taylor, dont il ne porta que plus tard le nom ; voici comment :

L'excellent baron avait convié plusieurs fois à dîner, chez Bonvallet, boulevard du Temple, quelques hommes de lettres : Paul de Musset, Ponson du Terrail, Emmanuel Gonzalès, Etienne Enault, Frédéric Thomas, Paul Féval, Michel Masson, Altaroche, Pierre Zaccone, H. Cellier, avocat de la Société des gens de lettres, et, parmi eux, E. Dentu, le libraire-éditeur de cette Société.

A tour de rôle, chacun des convives, pendant près d'un an, rendit le dîner au baron en y invitant tous ceux qu'il avait l'habitude de réunir.

Ces dîners étaient fort amusants par les récits variés, dramatiques ou comiques du baron, récits qu'il puisait dans les souvenirs de sa longue existence, et qu'il débitait avec un merveilleux talent de conteur.

Aussi, quand il commençait quelqu'une de ces « nouvelles », le silence se faisait aussitôt, et on l'écoutait religieusement jusqu'au bout.

Ces agréables réunions donnèrent l'idée d'un pique-nique mensuel pendant l'hiver, entre les convives habituels; et ce fut ce pique-nique qui prit le nom de « Dîner Taylor ».

Chacun des membres de ce dîner avait alors la faculté d'amener un ami, ce qui n'existe plus aujourd'hui. Cham, dont les qualités du cœur étaient à la hauteur de celles de l'esprit, fut de ceux qui figurèrent le plus souvent comme invités. C'est par exception, maintenant, qu'un invité prend part à ces agapes ; ainsi en a-t-il été, l'hiver de 1881-1882, pour M. Francisque Sarcey, qui avait été convié par tous les sociétaires.

Alors, aussi, tous les membres faisaient partie de la Société des Gens de Lettres, condition qui n'est plus obligatoire.

Les dîners avaient lieu, comme nous l'avons dit, chez Bonvallet ; ils ne tardèrent pas à se rapprocher du boulevard Montmartre, et firent une première étape chez *Maire* (Chalais), le marchand de vins-restaurant dont l'établissement fait l'angle des boulevards de Strasbourg et Saint-Denis. — Maire, qui tenait à opérer lui-même pour le service du dîner, faisait d'abominables calembours, qu'il rachetait par des soles normandes admirablement accommodées.

Mais la salle de Maire était trop petite pour les douze convives, car ils étaient *douze ;* et il fut résolu un soir qu'on irait désormais pendre la crémaillère mensuelle chez Désiré Beaurain, boulevard Poissonnière.

Se trouvant plus à l'aise chez ce dernier, le dîner crut pouvoir s'adjoindre un membre de plus, en bravant le nombre *treize*, et ce fut Arthur de Boissieu, le charmant écrivain de la *Gazette de France*, qui fut admis. Paul de Musset proposa, à cet occasion, d'appeler la réunion : *Le dîner des treize*. Mais le chiffre fatidique ne porta pas bonheur. Le soir où Arthur de Boissieu, qui n'avait pas encore *siégé*, était attendu pour le repas par tous les membres du dîner, on reçut, au lieu de sa personne, la nouvelle de sa mort !

Le dîner se fit longtemps chez Beaurain; puis on le transporta chez Notta à l'angle de la rue Rougemont et du boulevard Bonne-Nouvelle.

C'est encore là qu'il a lieu.

Mais au cours de ce voyage il avait vu s'augmenter le nombre des convives : aux *Treize* s'étaient joints, en effet, avec le secrétaire perpétuel de l'Académie française, Camille Doucet, les romanciers Élie Berthet, Adolphe Belot, Ferdinand Fabre, Jules Claretie, Hector Malot, Constant Guéroult, G. de la Landelle, Eugène Muller, Alexandre de Lavergne, mort depuis, et le critique dramatique des Débats, Clément Caraguel, mort également.

« A ces dîners mensuels, » dit Élie Berthet dans son livre intitulé : *Histoire des uns et des autres*, « règne la plus franche cordialité. Une exquise politesse n'empêche ni la gaîté, ni les bons mots. Parmi les écrivains, qui ont des opinions très nettes et très arrêtées sur toutes choses, jamais n'a éclaté une discussion aigre, jamais n'a été prononcée une parole blessante. Chaque abeille rentre donc son aiguillon pour n'offrir que son miel. A la vérité, on est d'une sévérité extraordinaire sur le chapitre des admissions, et elles n'ont lieu qu'à l'unanimité des suffrages. On s'inquiète surtout du caractère particulier, de la sociabilité du candidat. Une seule individualité turbulente et agressive pourrait, en effet, troubler l'harmonie de ces petites assemblées et les rendre bientôt impossibles. »

Tant qu'il vécut, le baron Taylor présida le dîner. Nous avons dit qu'il contait admirablement, et ses

souvenirs étaient inépuisables ! Pour utiliser cette
verve, il a été convenu que les convives se distri-
bueraient ces histoires charmantes, qu'ils les écri-
raient, et que Dentu les réunirait ensuite en un
volume de luxe sous le titre de : *Les Dîners du baron
Taylor*.

Ce projet n'a reçu qu'un très faible commencement
d'exécution jusqu'ici. Paul de Musset a écrit, d'après
le baron Taylor, les *Denis d'un Turco*, nouvelle parue
dans la *Revue des Deux-Mondes*; Paul Féval a donné
Gavotte, dans le *Journal des Débats*, et Élie Berthet
deux autres nouvelles : *Laïs et Samson* et *Santorin*.

Hector Malot s'était chargé d'écrire *Lady Bals-
hington* et le *Comte d'Orsay* ; nous ne croyons pas
que ce récit ait encore paru, ni dans le livre, ni dans
le journal ; Emmanuel Gonzalès garde en portefeuille
la fameuse histoire de la rencontre du baron Taylor
avec le bandit *Don Jayme ;* ainsi d'Étienne Énault,
de Claretie et d'Altaroche.

Le baron Taylor n'était pas seul à faire des récits.

Chacun l'aidait de son mieux à rendre la soirée amusante par des racontars et des anecdotes. Paul de Musset, entre autres, raconta avec infiniment de succès l'histoire des *Trois Vaches noires*, — trois dames qu'il avait vues autrefois à Venise ; il savait aussi intéresser l'auditoire par des particularités de la vie de son illustre frère, Alfred, et lisait des fragments de poésies inédites de l'auteur de *Rolla*. — Paul Féval, moins austère qu'à présent, faisait rire à se tordre, avec l'histoire bouffonne d'une vieille bretonne qui avait tué un petit enfant et qui l'avait ensuite mangé — « pour éviter les *perpos* (propos) », comme elle disait en son langage. — Adolphe Belot se faisait aussi particulièrement remarquer par sa verve : l'auteur de *Mlle Giraud* et de la *Femme de feu* est un boute-en-train irrésistible, et c'est encore un de ceux qui, actuellement, donnent à ces réunions le plus d'animation et de belle humeur.

Aux membres que nous avons cités, il faut ajouter Fortuné du Boisgobey, le fécond romancier, fin

causeur : Charles Canivet, le spirituel et judicieux critique du *Soleil* ; André Theuriet, le peintre délicat des mœurs rurales, et M. Torrès Caïcedo, le ministre plénipotentiaire de la République de San-Salvador.

A la mort du baron Taylor, arrivée en 1880, la présidence fut dévolue à E. Dentu, et personne ne déserta, au contraire. A cette occasion s'est produit un changement : les convives sont depuis lors convoqués au festin par une carte très originale, très artistique, due au talent de M. Henri Guérard, gendre d'Emmanuel Gonzalès. Cette carte varie chaque année ; et il y en a eu deux jusqu'ici en circulation (1ʳᵒ carte : les Statuts. — 2ᵉ carte : les Portraits).

Outre cette innovation, il y a à signaler le changement qui s'est fait dans le titre du dîner : quelque regret et quelque vide qu'ait laissés dans cette association littéro-culinaire la mort de celui qui en avait été le principal instigateur, il fallut changer l'enseigne : le *Dîner Taylor* devint le *Dîner Dentu*.

Les derniers membres qui y ont été admis sont :
A. Grévin, le spirituel dessinateur ; — Ferdinand
de Lesseps, dont un simple coup de crayon ou de
plume suffit pour modifier la face des continents et
tracer de nouvelles limites aux océans ; — François
Coppée, le poète ; — et Henri Martin, qui a payé
sa bienvenue par un intéressant récit d'un voyage
qu'il a fait en Afrique.

Durant sa longue existence, le baron Taylor s'est
dévoué à la défense des intérêts des littérateurs et
des artistes. Nommé sénateur sous l'Empire, il partagea son traitement de trente mille francs en trois
parts égales, dont l'une fut affectée à la caisse de la
Société des gens de lettres, une deuxième à celle des
auteurs dramatiques et la troisième à celle des artistes.

Il faudrait un volume pour rappeler les œuvres de
bienfaisance fondées ou patronées par le baron
Taylor.

La tradition artistique se continue dans la famille

de l'honorable délégué de la *Société des Gens de lettres* ; ses deux filles, Mlles Jeanne et Éva, sont des peintres de talent ; la seconde, nous l'avons dit, a épousé M. Henry Guérard.

Pierre Zaccone, qui s'est créé une large place dans le monde des écrivains d'imagination ; M. Frédéric Thomas, qui a occupé le poste de président de la Société des gens de lettres ; M. Henry Celliez, du conseil judiciaire de la Société ; M. Etienne Énault, un romancier bien connu.

M. Paul de Musset, le frère de l'illustre poète, était second président du dîner au temps du baron Taylor ; il est mort en 1880. Ponson du Terrail est mort également, ainsi qu'Amédée Achard.

Vers 1860, le *Figaro*, alors bi-hebdomadaire, publiait, sous le titre de *Lettres de Colombine*, des articles fort spirituels et qui attiraient l'attention du public lettré et mondain.

On attribua la paternité de ces *lettres* à beaucoup de personnalités littéraires en vogue, mais ce ne fut que longtemps après qu'on sut le nom du véritable auteur, qui était M. Arthur de Boissieu.

Mlle Éva Gonzalès est morte en 1883 ; MM. Constant Guéroult, Frédéric Thomas, sont morts également, ainsi que l'éminent éditeur, Édouard Dentu, avril 1884.

LA CIGALE

LA CIGALE

Cette Société de poètes, de littérateurs et d'artistes nés dans les provinces du Midi a eu déjà une existence très brillante. Les méridionaux, plus passionnés, plus vifs, plus prompts à l'exécution que les hommes du Nord, savent attirer l'attention du public sur leurs créations. Aussi la *Cigale* est-elle connue dans toute la France et même en Espagne et en Italie.

On a cru, beaucoup croient encore, que cette association artistique et littéraire a un but politique, et que tout en remettant en honneur la vieille langue d'Oc, elle vise à l'établissement d'une espèce d'autonomie pour la Provence, le Dauphiné, le Béarn, le Languedoc, le Roussillon, le comté de Foix. La

2

Cigale est française, ne s'occupe pas de politique, et si dès le début quelques-uns de ses membres ont voulu l'entraîner hors de la voie qu'elle s'était tracée, ils ont dû renoncer à leurs projets.

Les *cigaliers* ne se pâment point d'aise en lisant les anciens textes provençaux. Ils aiment, ils respectent le passé, mais ils admettent que le présent a bien sa valeur. Ils sont fiers d'être Provençaux, Languedociens. Ils sont fiers aussi de faire partie de la grande nationalité française. Les félibres, qui ont l'esprit plus local, qui écrivent dans les dialectes sonores du Midi, ne veulent point non plus se séparer de la grande patrie, mais ils aiment avec passion leurs provinces, leurs cités, et consacrent leur talent à les chanter. Autran, Roumanille, Aubanel et beaucoup d'autres sont-ils de mauvais Français, parce qu'ils ont écrit leurs poèmes en provençal ? C'est le Midi qui a donné l'élan, et il faut espérer que les autres provinces suivront son exemple. Mais ces digressions nous éloignent de la *Cigale* et de ses origines.

Après la guerre, qui les avait séparés, les artistes se groupèrent de nouveau. Le hasard mit en rapport Eugène Baudouin avec le poète Maurice Faure, un provençal, et Louis-Xavier de Ricard. On voulut fonder une Société se composant seulement de Méridionaux. Mme de Ricard, jeune femme d'esprit et de talent, assistait à ces réunions. M. Maurice Faure, proposa le titre de la *Cigale*, qui fut adopté. Bientôt les adhésions arrivèrent en foule. Il y eut bien des tiraillements au début. M. de Ricard voulait en faire une association politique, avec un programme radical; M. Faure préférait voir dans la *Cigale* une académie de félibres ayant son siège à Paris; M. Baudouin mit de côté la politique et soutint que le *Félibrige* et la *Cigale* devaient marcher côte à côte, sans s'imiter ni se confondre.

Il l'emporta. Comme d'après les statuts, il faut être né dans le Midi pour faire partie de l'association, M. de Ricard, qui a vu le jour à Fontenay-sous-Bois, manquait du titre indispensable à la dignité de *cigalier*.

Il trouva un biais. Il partit pour Montpellier, où il apprit la langue des félibres, rédigea des journaux rouges, écrivit des romans-pamphlets. Il devint en peu de temps un languedocien à tous crins et resta *cigalier*. La création de la *Cigale*, date de 1875. Ses débuts furent modestes ; on se réunissait tous les mois autour d'une table très simplement servie.

Paul Arène expliqua en vers charmants pourquoi fut fondé le dîner provençal de la *Cigale* :

« C'est pour ne pas perdre l'*assent*
Que nous fondâmes la Cigale ;
On parle cent, à la fois, cent !. .
C'est pour ne pas perdre l'*assent*.
Mais cette Cigale, on le sent,
De rosée à l'ail se régale,
C'est pour ne pas perdre l'*assent*
Que nous fondâmes la Cigale.

On dût laisser dormir l'article des statuts où était stipulé le nombre des associés. Ce chiffre est de plus de deux cents et dépasse d'une centaine le chiffre statutaire.

*
* *

Les principaux membres de la *Cigale* sont : parmi les poètes et les prosateurs, MM. Henri de Bornier, l'auteur de la *Fille de Roland ;* Jean Aicard, que le poème les *Jeunes Croyances* a mis en relief ; Chevandier (de la Drôme) ; Antoine Cros ; Paul Courty, qui a collaboré à plusieurs grands journaux parisiens ; Léonce Destremx ; Maurice Faure, un félibre ; Paul Ferrier, Henri Grousset-Bellor, Ernest Lavigne, ancien directeur du journal français la *Néva* à Saint-Pétersbourg, rédacteur en chef de la *Liberté* à Paris ; Henry Fouquier, journaliste, ancien secrétaire général de la préfecture des Bouches-du-Rhône ; Jules Lamarque, Joseph Autran, Auguste Fourès, Albert Arnavielle, Théodore Aubanel, Numa Coste, Louis Glaize, Frédéric Mistral, Félix Gras, Anselme Mathieu, Louis Roumieux, Paul Arène, Achille Mir,

2.

le baron de Tourtoulon, fondateur de la Société des *Langues romanes*, à Montpellier ; Mme de Ricard, félibre ; M. J. Bru d'Esquille, caporal au 84ᵉ bataillon pendant le siège, employé à la Compagnie des Messageries nationales et bombardé sous-préfet par le ministère Waddington. Si jamais ses administrés veulent s'insurger, il n'aura qu'à leur lire ou leur faire lire ses vers ; les émeutiers se sauveront aussi rapidement que s'ils étaient menacés par des mitrailleuses.

MM. Henri de la Madelène, un romancier de talent ; Charles Lomon, qui a obtenu des succès au théâtre ; Charles de Lorbac, du *Bien public ;* Napoléon Peyrat ; général Francis Pittié, chef de la maison militaire de M. Grévy ; Antony Valabrègue, Victor Roussy, poètes ; Adrien Barbusse, du *Siècle ;* Léon Cladel, l'auteur des *Va-nu-pieds*. M. Cladel est la terreur des éditeurs, à cause des corrections dont il surcharge ses épreuves.

M. Alphonse Daudet, l'auteur du *Nabab* et de

tant d'autres romans remarquables, M. Ferdinand
Fabre, un Cévénol qui décrit admirablement ses
montagnes et leurs populations ; MM. le marquis
Louis de Laincel, attaché à la Bibliothèque Nationale ; Adolphe Michel, du *Siècle* ; A.-J. Pons, qui a
publié un très curieux volume sur Sainte-Beuve ;
Robert Halt qui lança dans la littérature une femme
qui fit pendant quelque temps un certain tapage,
Mme Olga de Janina ; MM. Albert Robin, Edmond
Hugues, des *Débats*, Achille Eyraud, Jules Troubat
ancien secrétaire et exécuteur testamentaire de Sainte-
Beuve. Il a réuni en un volume, sous le titre *Cahiers
de Sainte-Beuve*, des notes intimes du célèbre critique. M. Troubat a été chargé pendant un certain
temps des relations de la librairie Calmann-Lévy
avec la presse ; il a été aussi secrétaire de l'éditeur
Dentu ; puis en 1878, le ministre de l'instruction publique l'a nommé bibliothécaire du château de
Compiègne. MM. Grangeneuve, Oscar Comettant, Léon Guillard ; Mme Louis Figuier qui a essayé

du roman et du théâtre ; Mme Henri Gréville, de son vrai nom Durand — dont les romans sur la Russie ont établi la réputation.

*
* *

Parmi les musiciens, nous citerons: MM. Émile Paladilhe, Pénavère, Alma Rouch, A.-M. Auzende, Jules Blachier, Léopold Dauphin, Jules Uzès, Émile Artaud, Victor Roger, Mme Léon Cladel.

Les artistes : Alexandre Cabanel, Pierre Cabanel, peintres, dont la réputation est depuis longtemps établie ; Maxime Lalanne, l'éminent aqua-fortiste ; Eugène Baudouin, un des trois fondateurs de la *Cigale*, peintre de talent. Mme Baudouin est aussi auteur de fort jolies toiles ; elle est la fille de M. Noël Parfait, député d'Eure-et-Loir, et sœur de notre confrère Paul Parfait.

J. Laurens, Mounet-Sully, de la Comédie-Française ; Paul Vayson, Émile Villa, peintres ; Falguière, J.-B. Amy, sculpteurs. M. Falguière est l'auteur de l'œuvre qui sert de couronnement à l'arc de triomphe de l'Etoile.

Une des places publiques de Toulouse, sa patrie, avait été ornée d'une statue de Sainte-Germaine dont il était l'auteur. Un troupeau d'iconoclastes abrutis, qu'une minorité électorale avait nommé conseillers municipaux, trouvaient que leurs convictions étaient froissées par cette œuvre d'art et en ordonnèrent l'enlèvement.

La majorité des artistes eut l'air de trouver la chose naturelle et personne ne protesta. Mais si ç'avait été — nous supposons l'impossible — un conseil municipal réactionnaire qui eut commis cette infamie, on crierait encore dans le clan libre-penseur. Charles Brun, peintre ; Adrien Didier graveur ; Marc Gaïda, Gabrielle Feraill, Percule, Paul Mauzou, Jules Salles, Camille Formige ; les peintres Cot, Jean-Paul Laurens, Charles Jalabert, et André Rixens, Joseph Tourtin ; les sculpteurs Thabard, Mercié, l'auteur de *Væ Viclis* ; C'est Tabard qui

a fait les statues qui ornent le pont magnifique re-
liant les deux rives du Danube, à Buda-Pesth.
Le dessinateur Paul Mauron ; M. Louis Simonin,
ingénieur, rédacteur du journal la France ; M. Ferdinand de Lesseps, le célèbre perceur d'isthmes, celui
que l'on a surnommé avec raison le GRAND FRANÇAIS.

On voit que le Midi fournit un contingent de littérateurs et d'artistes dans tous les genres. Quelques-
uns des noms que nous avons cités sont célèbres,
beaucoup sont très connus. Parmi ceux que le public connaît peu ou prou, on doit faire la part de la
jeunesse. Il faut du temps, même pour conquérir
une modeste notoriété.

On l'a vu, les femmes peuvent faire partie de la
Cigale; mais elles n'ont pas le droit d'assister aux
dîners mensuels. Elles ne font acte de présence
qu'aux fêtes organisées par la Société en province.
Une de ces fêtes littéraires eut lieu à Nîmes au mois
de novembre 1876. Arles également a servi de centre
de réunions aux *cigaliers* et aux *félibres*.

*
* *

En 1877, le feu grisou fit de nombreuses victimes dans les mines de Graissessac ; les *cigaliers* voulurent envoyer leur obole aux familles des malheureux mineurs ; ils organisèrent une soirée dramatique et musicale. La grande salle du Conservatoire put à peine contenir le public qui avait répondu à leur appel. La loge d'honneur, où l'on croyait voir Mme la maréchale de Mac-Mahon, resta fermée ; cependant, la femme du président de la République avait reçu une invitation. Le lendemain, M. Henri de Bornier recevait, écrite tout entière de la main même de Mme la duchesse de Magenta, la lettre suivante :

Monsieur,

Je regrette vivement de n'avoir reçu qu'à sept heures et demie du soir l'invitation que vous m'adressiez le jour même.

J'aurais été heureuse de répondre à votre appel.

Permettez-moi de me dédommager de ce contre-temps en

vous envoyant mon offrande pour les victimes de Graissessac, avec l'assurance de mes sentiments les plus distingués.

Maréchale de Mac-Mahon,

Ce 17 avril 1877.

Cette lettre renfermait une somme de deux cents francs.

Nous avons cité deux des fêtes données par la *Cigale*. La réunion d'Arles eut un grand retentissement et dura trois jours. Les cigaliers furent reçus par le maire et les autorités, il y eut une retraite aux flambeaux en leur honneur ; la société archéologique offrit un punch monstre ; à minuit, on visita le théâtre antique, où Aubanel récita la *Vénus d'Arles*. On n'oublia point le concours littéraire ; aux Arènes, fête de nuit, banquet de la *Cigale*, courses de taureaux, farandoles ; enfin, la fête se termina par une excursion à la ville des Baux. Voilà un programme complet pour trois jours seulement. La *Cigale* avait invité la *Pomme*, qui était représentée par Charles Monselet et Étienne Leroux.

*
* *

En 1878, les *Cigaliers* organisèrent un banquet à Paris, à l'hôtel Continental ; ce banquet fut présidé par M, Bardoux, alors ministre de l'intruction publique. Il y eut beaucoup de toasts portés, de discours prononcés. M. Théodore Aubanel s'exprima en provençal.

Le jeudi 3 juillet 1879, les Cigaliers étaient réunis au Palais-Royal ; il s'agissait de manifester en faveur du canal dérivé du Rhône, dont l'ingénieur, M. Dumont, a dressé le plan. Beaucoup de sénateurs et de députés du Midi étaient présents ainsi que M. Ferdinand de Lesseps. M. Gaston Bazille, sénateur de l'Hérault, remercia les littérateurs de leur concours, M. Henri de Bornier porta la santé de M. de Lesseps en lisant des vers sur l'isthme de Suez. Le célèbre créateur du canal de Suez fut reçu cigalier à cette réunion ; il parla ainsi de son origine méridionale :

3

« Méridional, je le suis par le cœur et par l'origine ; ma famille est pyrénéenne ; un de mes aïeux
fut capitaine du guet à Bayonne, et je suis fier d'as-
socier à son nom un souvenir historique qui l'honore :
il avait reçu l'ordre d'arrêter Henri IV ; au lieu de
l'arrêter, il l'avertit et le sauva, de telle sorte que,
sans lui peut-être, la France n'aurait pas connu son
meilleur roi. Ma grand'mère était de Cette. Vous le
voyez, Messieurs, je suis un enfant du Midi et mes
titres de cigalier ne sauraient être contestés. »

LES SPARTIATES

LES SPARTIATES

Il ne faudrait pas que ce titre induisit le lecteur en erreur. C'est un trompe-l'œil tout simplement, et si les infortunés qui vivaient sous la législation féroce de Lycurgue avaient eu, au lieu du fameux brouet dont ils se nourrissaient, les plats variés et les vins généreux des Spartiates d'aujourd'hui, ils eussent envoyé promener Lycurgue et son code. Nous prendrons la liberté d'écrire ce que nous pensons sur ce personnage qui s'est fait une réputation, grâce à une abominable ratatouille dont il est l'inventeur.

Quand des hommes comme Carême, Vatel, Trompette et d'autres non moins remarquables se mettent l'imagination à la torture pour inventer des plats nouveaux, améliorer les anciens, cherchant à maintenir les grandes traditions de la cuisine française, sont inconnus de la masse, on apprend aux enfants dans les écoles, à admirer ce méchant marmiton couronné qui mit les malheureux habitants de la Laconie au régime du brouet noir.

Ou Lycurgue était un farceur solennel qui se moquait de ses contemporains, où c'était un être morose que sa femme trompait. Peut-être aussi avait-il la digestion difficile. Il faut se méfier des gens ayant un mauvais estomac. Si encore il n'avait pas imposé ses lubies à tout un peuple !

Dans les ordres religieux, il y a des règles qui ont force de loi et auxquelles chaque moine doit se soumettre. Mais cette soumission est volontaire, elle a pour raison la foi, sentiment fort respectable.

Le Lycurgue en question se servit des gendarmes de l'époque pour imposer son plat favori à son peuple. Il partagea les biens, c'est une vision qui hante encore certains cerveaux, et proscrivit les monnaies d'or et d'argent, autres idées que les plus purs d'aujourd'hui ne voudraient pas voir appliquer.

A Sparte il n'y avait pas de belles petites. Allez donc séduire une femme en lui offrant pour souper une bouillie malpropre, et comme monnaie courante, des morceaux de fer. Ce roi, énergumène dans son genre, avait maintenu l'esclavage, mais les esclaves possédaient sur les citoyens libres un avantage énorme, ils pouvaient se griser. Comme le droit d'écrire devait être limité, et qu'à cette époque éloignée on n'écrivait pas ses mémoires, nous ne savons pas si les îlotes enviaient la situation de leurs maîtres. Mais il nous paraît certain qu'appelés à changer de condition, ils eussent refusé de devenir des citoyens.

Comme ils devaient rire, ces esclaves, lorsque se promenant dans les rues ils rencontraient les mangeurs de brouet !

Les Spartiates de Paris se moquent agréablement de feu Lycurgue qu'ils tiennent en fort piètre estime.

Sous l'empire, le dîner présidé par Sainte-Beuve, portait le nom du célèbre critique. On sait par les indiscrétions de MM. Pons, Jules Troubat, Nicolardot que Sainte-Beuve affectait le plus parfait mépris pour Lycurgue et ses lois. Pourtant il eût assisté avec plaisir aux luttes où les jeunes gens des deux sexes exerçaient leurs biceps. Après sa mort, les dîneurs donnèrent une étiquette nouvelle à la réunion, et dans l'espérance coupable de tromper le public, prirent le nom actuel.

Les frères de Goncourt, Jules et Edmond, ont fait partie du dîner, ainsi que Paul de Saint-Victor, Arsène Houssaye et son fils Henry ; Paul Lacroix (bibliophile Jacob) ; MM. Paul Dalloz, directeur du *Moniteur universel*; Jules Valfrey ; Francis Magnard, rédacteur en chef du *Figaro* ; G. de Molinari et Joussemet, des *Débats* ; Robert Mitchel, ancien rédacteur en chef du *Constitutionnel*; Jules Claretie, chroniqueur du *Temps* ; Fortuné de Boisgobey, un de nos plus féconds romanciers.

Des militaires, des hommes politiques, des diplomates font aussi partie des *Spartiates*. Le général Schmidt, chef d'état-major du général Trochu pendant le siège ; M. Bardoux, ancien ministre ; le commandant Nigra, qui a représenté l'Italie à Paris ; lord Lytton Bulwer, ancien vice-roi des Indes ; le prince Alexandre Galitzin.

Disons que ces hommes sérieux s'occupent de tout excepté des choses sérieuses. La liberté de langage la plus absolue règne dans ces réunions ; on s'occupe de potins, de scandales, et chacun donne les détails les plus complets sur les mystères des boudoirs des femmes en vue.

Ces joyeusetés rabelaisiennes amusent plus que le développement de projets de Constitutions ou les discussions sur la réforme de la magistrature.

Le jour où le dîner deviendra solennel il aura vécu, car ses statuts auront été violés comme un simple serment politique.

3.

Pour faire partie des *Spartiates* il faut être reçu à l'unanimité, ce qui n'est pas toujours facile. Les réunions mensuelles ont lieu chez Brébant.

LA MARMITE

LA MARMITE

Le dîner de la *Marmite* est bien plus politique que littéraire ou artistique, quoique les écrivains, les peintres, les sculpteurs, les graveurs, les artistes lyriques ou dramatiques n'en soient point exclus. Mais il y a une condition à remplir, c'est qu'il faut être républicain. En dehors de cette étiquette, l'écrivain plus distingué n'a aucun talent, le peintre renommé devient barbouilleur, le sculpteur le plus habile retire toute valeur au marbre qu'il a touché, le chanteur a une voix de crécelle et le comédien devient aussitôt un cabotin. Dans ces conditions, l'art sous toutes ses formes n'est plus qu'un simple accessoire destiné à faire valoir une enseigne.

*
* *

La *Marmite* a pour ancêtre la *Ligue de l'Enseigne-
ment.* Les membres les plus connus sont : M. Le-
père, ancien ministre de l'intérieur, que le culotage
habile de ses pipes a rendu célèbre ; M. Paul Bert,
l'ennemi intime des jésuites ; le docteur Thulié, qui
a été président du conseil municipal de Paris.
M. Thulié est un libre penseur, mais c'est aussi un
esprit large répugnant aux persécutions. M. Millaud,
sénateur du Rhône ; M. Kœchlin-Schwartz ; M. De-
vès, député de l'Hérault, président de la gauche
républicaine ; M. Parent, un farceur que la Savoie a
envoyé à Paris pour la représenter.

*
* *

Après les hommes politiques, les artistes ; Coquelin cadet et Villain, de la Comédie-Française, Boudouresque, de l'Opéra ; Nicot, de l'Opéra-Comique ;

le sculpteur Bartholdi ; Maxime Lalanne, l'aqua-fortiste, qui a autant de cœur que de talent ; et ce n'est
pas peu dire. Les peintres Feyen-Perrin, Eugène
Perrin, Berne-Bellecour, Jules Garnier, L. Barillot.
Un économiste très connu M. Courcelle-Seneuil et
M. Charles Lefebvre, sténographe de la Chambre
des députés.

*
* *

A la fin de chaque dîner, on fait des discours politiques, on rédige des programmes, mais disons pourtant que la politique, quoique très envahissante de
sa nature, laisse une place encore assez large à l'art.

On chante, on dit des vers, on lit des passages
d'œuvres littéraires.

Dans une séance solennelle, le président reçoit,
comme insigne de ses fonctions, une cuillère à pot et
une écumoire. Cette cérémonie d'investiture égaye
toujours l'auditoire.

La *Marmite* a publié un album: par les noms que

nous avons cité, on peut voir qu'il est curieux [1]. Mêlés aux œuvres des artistes, les autographes des hommes politiques lui donneront un cachet tout à fait spécial.

1. Cet album a paru chez Ludovic Baschet.

L'HIPPOPOTAME

L'HIPPOPOTAME

Ce titre peut paraître étrange pour une association dont les membres doivent avoir été pensionnaires de l'Académie de France à Rome. Il n'y a pas d'hippopotames dans le Tibre, on n'en a jamais vu dans la Seine, et les marins intrépides, vulgairement connus sous le nom de canotiers, qui connaissent le fleuve parisien de Bercy à Argenteuil ne citent aucun fait permettant de supposer qu'un de ces amphibies aurait été vu dans les eaux d'Asnières, sous les ombrages de la Grenouillère ou vers les rives de Saint-Denis.

On ne dit point qu'un sculpteur se soit illustré en taillant dans le marbre un hippopotame de grandeur naturelle, ni qu'un peintre ait protraituré cet habitant disgracieux des grands fleuves africains. C'est un gargotier italien, un romain, doué d'une laideur faisant l'admiration de ses clients, qui, sans le vouloir et surtout sans s'en douter, fut le parrain de l'*Hippopotame*.

Le gouvernement français entretient à Rome un certain nombre de jeunes artistes ayant remporté les prix aux concours annuels qui ont lieu à Paris. Ces jeunes gens sont appelés des *Prix de Rome* par abréviation. Ils ne sont pas tous riches, et ceux qui n'ont pour ressource que la somme mise à leur disposition par l'État, sont obligés de mesurer leurs dépenses.

Il y a quelques années, le traitement des pensionnaires de l'Académie de France à Rome était de trois mille francs par an. Mais la durée du séjour dans la ville éternelle ayant été réduite de cinq ans à quatre, la somme allouée pour l'entretien de chaque pensionnaire étant restée la même, soit quinze mille francs, le traitement annuel se trouva porté de trois mille à trois mille cinq cents francs et même plus, par suite de fondations particulières.

Les jeunes artistes dont nous parlons ne sont pas tenus de prendre leur repas à l'Académie, beaucoup dans un but d'économie, se contentent d'y déjeuner et vont dîner au dehors. Les restaurants, *tratloria*, ne manquent pas à Rome, mais les uns sont éloignés de l'Académie qui est située dans un quartier un peu excentrique, les autres ont des prix aussi élevés que les restaurants les plus renommés de Paris. La pension pour la nourriture prise à l'Académie était de cent cinquante francs par mois ; on trouvait ce chiffre trop élevé et chacun se mit à la recherche d'une *tratloria* où l'on pourrait dîner à très bon marché. Enfin un artiste finit par trouver une gargotte, située à quelques pas de l'Académie réalisant le programme économique que l'on cherchait à mettre à exécution. Pour une somme dont la modicité surprit tout le monde, il était possible non pas de dîner, il ne faut rien exagérer, mais de se repaître.

Cette *trattoria* était une espèce de cabaret borgne,
dont les ignobles gargotes des environs de la place
Maubert peuvent seules donner une idée. On avait
pris soin d'en écarter tout ce qui pouvait ressembler
au confortable le plus élémentaire. C'était la malpropreté italienne ajoutée à la malpropreté française.

Ce charmant établissement se composait d'une
salle de dimensions ordinaires, aux poutres enfumées,
à la muraille suintante et crasseuse. Une lampe italienne, dont le type existait au temps de Romulus,
éclairait le soir cette pièce principale. Les consommateurs s'asseyaient sur des bancs en bois, autour de
tables boîteuses et propres comme la muraille. Le
personnel ne faisait pas ombre à cet intérieur. Inutile d'ajouter que le linge était tout à fait inconnu
dans ce cabaret bizarre.

Mais ce qui y attirait le public, c'était le vin, surtout le vin rouge de Velletri ; pour ce vin excellent
on entrait dans un trou immonde, on prenait place

devant des tables gluantes, on respirait un air cor-
rompu. Puis c'était si peu cher ! Voici un échantillon
de la carte qui ne variait que pour offrir des mets aussi
simples. Quand il y avait des pommes de terre, une
salade de ces tubercules était de rigueur, on l'agré-
mentait d'oignon cru, de hareng-saur.

Le dessert se composait de fromage : *stracchino di
gargouzola*, et de marrons. Quelquefois passait un
marchand d'olives qui, pour quelques baïoques, em-
plissait une assiette d'excellentes olives qu'il retirait
d'un seau d'eau avec une cuiller de bois. Le pain était
également très bon. On arrivait à dîner dans tous les
cas, à dîner tant bien que mal. On trouvait quelquefois à la *trattoria* du stuffatino (étuvée), de l'hurnido
di mauzo (bœuf à la mode), du chevreau rôti aux len-
tilles.

Le patron de ce cabaret n'était pas ce qu'il y avait
de moins remarquable dans son établissement. Gaillard solide, type auvergnat, face large encadrée d'un
collier de barbe noire, lèvres énormes, bouche fendue

jusqu'aux oreilles, en un mot il ressemblait à un hippopotame ; on ne l'appela plus que du nom de cet amphibie. De l'homme, le nom passa à l'établissement et ensuite à l'institution.

Aux quelques pensionnaires qui fréquentaient l'*Hippopotame*, vinrent se joindre plusieurs de leurs camarades, comme eux artistes, mais étrangers à l'Académie.

Pendant la première année, on vint à la *trattoria*, dans le seul but de dîner gaiement, et d'une façon économique, en compagnie d'amis, cela n'avait aucun caractère de réunion organisée. Le dîner de l'Hippopotame ne prit que plus tard un caractère d'institution, lorsqu'un des habitués proposa un repas mensuel, devant réunir les artistes, tant pensionnaires qu'étrangers, qui mangeaient, les premiers à l'académie, les seconds dans établissements d'un ordre plus élevé que l'*Hippopotame*. Un usage interdit formellement la présence d'étrangers à la table de l'académie, le salon des pensionnaires leur est rigoureusement fermé ; cependant, depuis quelques années, on s'est un peu départi de cette rigueur. Créer une réunion sur un terrain neutre, c'était procurer aux artistes, tant académiciens qu'étrangers, une occasion de se rapprocher.

Lorsque ceux qui avaient fondé l'*Hippopotame* à Rome revinrent en France, ils se dirent que leur idée ne serait complète, que si un dîner analogue existait à Paris ; ils fondèrent donc l'*Hippopotame* sur les bords de la Seine.

Mais la *trattoria* des rives du Tibre perdait de son cachet d'originalité, grâce aux bénéfices réalisés par le patron. Il y eut d'abord du linge, cette première modification étonna beaucoup les habitués ; puis, le beefsteak, la côtelette parurent sur les tables, concurremment avec le chevreau rôti, le stuffatino (étuvée), et l'hurnido di mauzo. Enfin, le gaz remplaça la lampe fumeuse, et le ruoltz étincela. Un photographe a portraituré le gargotier sur le pas de sa porte ; et, pour que rien ne manque à la gloire de ce digne

4

homme, on lui demanda de ses autographes. Ce restaurateur des artistes est mort.

L'*Hippopotame* de Paris n'est pas une société,
c'est un dîner. Le règlement peut se résumer en un
seul article : « Nul ne peut faire partie de l'*Hippopotame* s'il n'a fréquenté à Rome, la *trattoria* de ce nom. »

Les petites dépenses occasionnées par l'envoi des
convocations, sont couvertes par des appels de fonds
que l'on fait de temps en temps à la fin du dîner. Le
prix de ce repas est de cinq francs, il a lieu le 9 de
chaque mois au restaurant Blot, rue de Lille. L'été
on se réunit au Bas-Meudon, à la *Pêche Miraculeuse*.
Le dîner est interrompu pendant le mois d'août et de
septembre, et reprend en octobre. La moyenne des
membres présents est de quinze ; mais le 9 avril, anniversaire de la fondation, les dîneurs sont plus nombreux, et quelquefois M. Emile Pessard a organisé
un concert avec le concours d'artistes de ses amis.

Ordinairement quand un musicien assiste au repas,
on l'installe au piano après le dessert.

Les premières lettres de convocation étaient illustrées d'un dessin de Moyaux, l'un des associés. A
l'extrémité d'une table un hippopotame vrai, massif
et gros, vêtu d'un habit teint, une coupe de champagne à la patte, porte un toast. C'est Huot qui a dessiné les lettres actuelles. C'est un corps d'homme à
tête d'hippopotame, une charge du restaurateur de
Rome, habit noir, gilet blanc, chemise à jabot, haute
cravate empesée d'où s'échappe le coin d'un faux-
col. D'une main il tient une coupe de champagne,
de l'autre la serviette légendaire.

La fonction de président est une sinécure, Falguière a occupé ce poste, puis Carolus Duran et ensuite Delaplanche. Parmi les massiers nous citerons
MM. Cottin, Emile Pessard, Besnard.

Voici les noms des plus fidèles assistants au dîner
l'*Hippopotame* : Les peintres Emile Adam ; Eugène
Adam, peintre décorateur, décoré en 1878 ; Aviat,
Emmanuel Benner, Jean Benner, Urbain Bourgeois,
Carolus Duran, officier de la Légion d'honneur en

1878, médaille d'honneur en 1879 ; Cot, décoré en 1874 ; Victor Cousin. Jules Garnier, Jules Lefebvre, grand prix en 1861, officier de la Légion d'honneur en 1878 ; Legrand, grand prix en 1863 ; Hector Leroux, Maillard, grand prix en 1864, attaché à la manufacture des Gobelins ; Mouillard, Poncet qui a reproduit à l'eau forte les peintures murales de Flandrin à Saint-Germain-des-Prés ; Toudouze, grand prix en 1871.

Architectes : Barth ; Paul Besnard ; Dutert, grand prix en 1869 ; Gerhard, grand prix en 1865 ; Joigny ; Moyaux, grand prix en 1861 ; Scellier de Gisors.

Sculpteurs : Allard, grand prix en 1869, décoré en 1878 ; Barias, grand prix en 1865, décoré en 1878, médaille d'honneur la même année ; Barthélemy, grand prix en 1860 ; Blanchard, le baron Arthur Bourgeois, grand prix en 1863 ; Degeorge, grand prix en 1866 ; Delaplanche, grand prix en 1864, décoré en 1876, médaille d'honneur en 1878 ; Falguière, grand prix en 1859, médaille d'honneur en 1868, offi-

cier de la Légion d'honneur en 1878 ; Lecointe ; Lafrance, grand prix en 1870, décoré en 1878 ; Noël
grand prix en 1868, décoré en 1878, Thabardt ;
Toppfer, fils du célèbre romancier genevois; Sanson,
grand prix en 1861, décoré en 1876.

Musiciens : Massenet, grand prix en 1863, chevalier de la Légion d'honneur, membre de l'Institut.
Hérodiade un des chefs-d'œuvre du célèbre compositeur fut représenté à Bruxelles, les théâtres sub-
ventionnés de Paris ne pouvant, parait-il, monter les
pièces des auteurs les plus connus. On se demande
pourquoi ce qui se fait à Bruxelles est impossible à
Paris ? Lefebvre, grand prix ; Emile Pessard, grand
prix, décoré en 1878, frère d'Hector Pessard, ancien
directeur de la presse au ministère de l'intérieur, directeur politique du *National* ; Puget, grand prix ;
Maréchal, grand prix.

Graveurs : Dubouchet, grand prix en 1860 ; Huot,
grand prix en 1862, décoré en 1878 ; Laguillermie,
grand prix en 1868.

4.

M. Huot est mort en 1882 dans tout l'éclat de son talent.

Sa sœur avait épousé M. H. Descaves, architecte du gouvernement et fils de M. Descaves, architecte diocésain de la Haute-Marne.

Un artiste dramatique : M. Massot ; un avocat, M⁰ Duval ; un amateur, M. Cottin.

M. Bigot, ancien pensionnaire de l'Ecole d'Athènes, rédacteur du *XIXᵉ Siècle* ; M. Gerspach, chef de bureau des manufactures de l'État au ministère des Beaux-Arts, chevalier de la Légion d'honneur ; M. Gentil, attaché au ministère des Beaux-Arts ; M. Pierre Lefebvre, sous-chef au ministère de la guerre ; M. Paul Oursel, attaché au ministère des affaires étrangères ; M. Edouard Ruel, ancien pensionnaire de l'école d'Athènes, l'un des plus jeunes et des plus brillants professeurs de l'École des Beaux-Arts ; M. Jules Comte, du ministère des Beaux-Arts.

Lorsque le massier apprend qu'un *hippopotame* a

été quelque temps sans répondre aux lettres d'invitation, il est averti une fois pour toutes que les dîners ont lieu le 9 de chaque mois, puis on ne lui écrit plus.

Les réfractaires sont : les peintres : Joseph Blanc, grand prix en 1867, décoré en 1878 ; Edouard Blanchard, grand prix en 1868 ; Clairin, qui en 1878 accompagna Mlle Sarah Bernhardt dans une petite excursion que la sociétaire des Français fit en ballon ; Machard, grand prix en 1865, décoré en 1878 ; Louis Desmarest ; Albert Girard, grand prix en 1861 ; Jadin fils ; Sain, décoré en 1877 ; Leloir, décoré en 1876.

Le peintre verrier Oudinot, chevalier de la Légion d'honneur.

Les musiciens Serpette, Paladilhe, Charles Lenepveu, Bourgault-Ducoudray, tous les quatre grands prix.

Les sculpteurs, Paul Aube ; Doublemard, grand prix en 1855, décoré en 1878 ; Charles Drouet ;

Hiolle, grand prix en 1862, décoré en 1875, médaille
d'honneur en 1870 et 1878 ; Lemaire, prix au Salon
de 1877 ; Pellier ; Renaudot, Soldi, grand prix en
1869, décoré en 1878.

M. Emile Besnard, architecte, grand prix en 1867
M. Besnard est fixé au Havre.

MM. de Dombasle et Maulmont, hommes de lettres, M. Delauge.

On voit que les membres de l'*Hippopotame* sont à
peu près tous arrivés à la célébrité ou à la notoriété.
On compte parmi eux trente-huit grands prix ; quatre
médailles d'honneur ; deux officiers et quatorze chevaliers de la Légion d'honneur et sept artistes libres
décorés.

M. Auguste Cot est mort au mois d'août 1883,
âgé seulement de 46 ans. Né à Bédarieux (Hérault)
le 16 février 1837, était élève de Léon Cogniet et
de MM. Cabanel et Bouguereau. Ses premières
toiles représentaient des sujets académiques ou des
scènes de la mythologie ; en 1867, il exposa une

Baigneuse ; en 1868, *Samalcis* et *Hermaphrodite* ; en
1870, *Prométhée* ; en 1873, *le Printemps*, composition pleine de fraîcheur et de poésie, que la gravure
a popularisée ; enfin l'*Orage* en 1880 ; *Mireille* en
1882, et surtout de nombreux et remarquables portraits. Médaillé en 1870, il reçut la médaille de
2ᵉ classe en 1872, et en 1878, à l'Exposition univer-
selle ; il était chevalier de la Légion d'honneur depuis 1874. Enfin à l'exposition d'Amsterdam, où il
était représenté par sa *Mireille* et par deux portraits,
il reçut une médaille d'or.

LA VRILLE

LA VRILLE

Ce dîner a été fondé en 1879, et la première réunion a eu lieu chez Notta, le 22 avril de la même année. Il ne compte que quarante membres — comme l'Académie française — qui s'intitulent, *jeunes*. Pour en faire partie il faut être peintre, graveur, sculpteur, architecte, littérateur ou musicien ; c'est une condition qui n'admet pas d'exception.

Le titre de la Vrille est le résultat d'un jeu de mots d'une valeur contestable. Ayant été fondé au mois d'avril il prit le nom de *Dîners de l'avril*, pour arriver à *la Vrille* une simple plaisanterie suffit.

Le président est M. Roger-Ballue, inspecteur des beaux arts ; vice-président, Jules Garnier, peintre, dont les œuvres sont fort appréciées des amateurs. Nous citerons le *Droit du Seigneur*, salon de 1892 ; le *Supplice des adultères*, 1876 ; le *Roi s'amuse*, 1874 ; la *Sultane favorite*, 1877 ; le *Libérateur du territoire*, 1878 , le *Retour de la kermesse*, 1879 ; *Rabelais*, curé de Meudon, 1880. Secrétaire, Gustave Toudouze, homme de lettres, lauréat de l'Académie, auteur de plusieurs romans qui ont été remarqués.

En font encore partie : Henri Pille, aqua-fortiste ; E. Duez, décoré en 1880 ; Guillemet, décoré à la même époque ; les deux frères Hillemacher, fils du peintre de ce nom, tous les deux musiciens de talent. Le plus jeune, suivant les traces de son frère, a remporté, en 1880, le grand prix de Rome. Eugène Champollion, aqua-fortiste, médaillé en 1879 ; Alfred Roll, peintre, auteur de la *Grève des Mineurs* ; Damoy, le paysagiste ; Jourdain, architecte ; Aimé Morot, peintre, qui a obtenu la médaille d'honneur du Salon de 1880 pour son tableau le *Bon Samaritain* ; Léon Barillot, animalier, médaillé en 1880 ;

Bellavoine, médaillé à la même date ; Léon Couturier et Dusseaux, peintres de sujets militaires ; le
statuaire Lafrance ; le poète Jean Aicard ; Fourcaud, un des plus brillants rédacteurs du *Gaulois* ;
Gœtschy, etc.

Le dîner a lieu le 22 de chaque mois chez Brébant. Les cartes de convocation sont ornées d'une
eau-forte encadrant un quatrain ou un sonnet. Pendant la belle saison, on se réunit au Bas-Meudon,
mais, du 15 juin au 15 septembre, les artistes étant
en villégiature, les réunions sont suspendues.

LE DINER

DES

LITTÉRATEURS ET ARTISTES DE L'EST

LE DINER

DES

LITTÉRATEURS ET ARTISTES DE L'EST

ALSACE-LORRAINE. — FRANCHE-COMTÉ.

Entre convives on l'appelle plus simplement « dîner de l'Est », les naturalistes l'ont nommé *Soupe au lard,* ce potage étant celui dont le fumet exquis réjouit les dîneurs, le deuxième vendredi de chaque mois, chez Désiré Beaurain, le classique restaurateur où a eu lieu longtemps le dîner mensuel de la Société des gens de lettres.

La fondation du dîner ne remonte qu'au mois de mai 1878 : à cette époque, la *Revue alsacienne* publiait deux entrefilets dans le but de provoquer une réunion préparatoire, et peu après l'appel suivant était sou-

mis à plusieurs littérateurs et artistes originaires des
provinces de l'Est :

« Dans le monde des lettres et des arts, le temps
semble venu des groupes régionaux. A certains jours,
on se réunit volontiers autour d'une table, entre
compatriotes, — non tant pour dîner que pour se
retrouver sur le terrain neutre où, sans distinctions
d'écoles ni d'opinions politiques, les générations différentes apprennent à se connaître et peuvent le
mieux s'apprécier.

« Le Midi a la *Cigale*, l'Ouest la *Pomme*, le Nord
est sur le point d'avoir l'*Alouette*. Nos pays de l'Est
ne sauraient-ils compléter un mouvement tout con-
fraternel ?... Nous le croyons si peu que nous pro-
posons dès aujourd'hui à nos confrères et à nos
compatriotes un dîner mensuel; les conditions en
seraient déterminées dans une réunion préparatoire,
dès qu'un nombre suffisant d'adhésions aura été
réuni. »

Les premières adhésions ne se firent pas attendre :

Déjà deux éminents écrivains lorrains, MM. André
Theuriet et Lorédan Larchey, veillaient à l'organisation du groupe, donnant leurs conseils au secrétaire de la *Revue alsacienne,* M. Paul Leser, qui
recueillait les signatures et qui était chargé de la
correspondance. L'inauguration — modeste à la vérité — eut lieu le 7 juin, et voici quels étaient les
douze convives fondateurs. J.-L. Gérôme, le peintre du *Duel après le bal,* de l'*Exécution du maréchal
Ney* et du *Pollice verso,* représentait la Franche-
Comté avec son ami Faustin Besson, qui est à la
fois artiste jusqu'au bout des ongles, directeur du
musée de la ville de Dôle, pêcheur à la ligne très
endurci et conteur fort amusant: Plein de dévoue-
ment pour la *Soupe au lard,* il fait, durant la belle
saison, une heure de chemin de fer pour venir la
déguster; J.-J. Henner, un maître qui descend en
droite ligne du Corrège, y figurait pour l'Alsace,
ayant autour de lui Schüzzenberger, le peintre ému
des *Émigrants alsaciens* ; Lix, le fécond dessinateur

5.

du *Monde illustré* et le collaborateur de toutes nos grandes publications artistiques ; Lereboullet, le chroniqueur du *Temps*. La Lorraine avait envoyé un de ses anciens députés, aujourd'hui président de la Société de secours mutuels des Alsaciens-Lorrains, l'actif et infatigable M. de Bouteiller ; le docteur Ernest Aubertin, qui égaye la table par ses récits en patois messin ; l'avocat Hyppolyte Lemaire ; enfin, fidèlés au poste, se trouvaient en outre les organisateurs, MM. Lorédan Larchey, André Theuriet et Paul Leser.

A l'heure actuelle, la liste des adhérents comprend quarante noms, chiffre fixé pour éviter l'encombrement paraît-il, et le dîner a parfaitement réussi ; certains amis enthousiastes ont même été jusqu'à proposer une réunion bi-mensuelle, mais la majorité a jugé plus prudent de s'en tenir aux dispositions primitives qu'il sera toujours facile de modifier.

Dirons-nous maintenant que l'Académie française n'a pas cru déchoir en venant goûter le festin et rire

des joyeux propos qui s'y échangent ; compléterons-
nous cette indiscrétion en ajoutant que le membre
qui déserte la grave assemblée pour s'asseoir à cette
table peu académique n'est autre que M. Alfred
Mézières, un Lorrain auquel les honneurs n'ont pas
fait oublier le coin où dorment les ancêtres. Chaque
fois — disons-le aussi — chaque fois que M. Theuriet
a récité la *Chanson de la bouteille* ou la *Galette lorraine,* les auditeurs charmés ont acclamé ces pièces :

> Sentant le fenouil et le thym
> De la friche natale ;

et le même accueil chaleureux a été fait aux vers
énergiques dits par un Strasbourgeois, M. Édouard
Schuré, qui a publié une excellente *Histoire du Lied*
et un volume de poésies, les *Chants de la montagne.*
Que l'on se souvienne du nom de cet auteur : il tra-
vaille depuis longtemps à un drame historique qui
pourrait bien lui assurer d'emblée le premier rang
parmi nos jeunes littérateurs. A la *Revue* nommée plus
haut appartient M. Gustave Rothan, ministre pléni-

potentiaire, dont le brillant travail sur la *Politique française en* 1866, a produit une profonde impression dans le monde diplomatique.

D'autres représentants de la presse sont inscrits au dîner de l'Est : M. Émile Gassmann, secrétaire de la rédaction du *Moniteur universel*. Il a été à Bordeaux et à Besançon et rédige encore la partie politique de *l'Union franc comtoise ;* M. A. Laugel, le rédacteur scientifique du *Temps ;* M. Jules Claretie, qui se qualifie plaisamment du titre d'Alsacien-Lorrain *honoraire* et qui, en réalité, a brillamment conquis ce droit de cité par les pages émues consacrées aux provinces perdues dans son livre *Cinq ans après*.

Les artistes se groupent plus rapidement et plus volontiers que les écrivains ; aussi la *Soupe au lard* en a-t-elle déjà attiré beaucoup et des meilleurs.

Originaire de Damvilliers, près Verdun, Bastien-Lepage, le peintre heureux et sincère des *Foins*, est un dîneur assidu, ainsi que son compatriote Eugène

Feyen, de Bey-sur-Seille, auquel nous devons une charmante série de minutieuses et délicates études sur les pêcheurs cancalais ; disons en passant que le Salon annuel est, pour ces deux laborieux chercheurs, l'occasion de nouveaux succès. Présenté et reçu au commencement de 1879, Auguste Bartholdi, le créateur puissant de *Vercingétorix*, du *Lion de Belfort*, de la *Liberté éclairant le monde*, est jusqu'à présent l'unique sculpteur de la réunion, qui compte, en outre, deux dessinateurs de mérite : Charles Goutzwiller et Émile Matthis : le premier, né à Altkirch (Haut-Rhin), a déjà donné des preuves de son érudition en publiant plusieurs études sur les artistes de l'Alsace, et son talent de dessinateur est apprécié dans les nombreux recueils d'art auxquels il collabore ; le second s'est fait connaître par quelques tableaux patriotiques (*Strasbourg* et *Au bord du chemin*, souvenir de Frœschwiller) et par les travaux qu'il exécute pour la librairie Hetzel.

Nous ne saurions mieux terminer cette rapide visite

qu'en faisant le tour de la table et en citant pêle-mêle
les noms des assistants : auprès de Goutswiller, voici
Eugène Müntz, bibliothécaire de l'École des beaux-
arts et rédacteur de la *Revue critique*, très affable,
l'un des piliers de la *Soupe au lard*, où chacun le
connaît et l'estime, — plus loin, les larges épaules et
la figure ouverte d'Alexis Kreyder, un robuste mon-
tagnard devenu, par une suite de circonstances provi-
dentielles, l'un de nos peintres de fleurs les plus re-
cherchés; — là bas, faisant bon voisinage, MM. Dietz-
Monnin, le directeur de la section française à l'Exposition de 1878, Eugène Hepp, un érudit, qui a publié la *Correspondance du magistrat de Strasbourg*,
Hégésippe Vetter, le peintre spirituel du *Quart
d'heure de Rabelais* et de *Molière chez Louis XIV*, et
Guillaume Leser, un universitaire qui collabore à
différentes publications historiques ; — à l'une des
extrémités s'élèvent la voix perçante de M. Justin
Worms et la basse de M. Augustin Prost : ce sont
les deux meilleurs historiens de Metz, à côté desquels

MM. Charles Mehl, bibliophile émérite, ancien directeur du *Bibliographe alsacien*, et Norberg, chef de
l'importante librairie Berger-Levrault, discutent gra-
vement, oubliant les plats qui circulent.

Un mot enfin sur les convives récemment intro-
duits ou qui n'ont point encore mangé à la table de
l'Est : Gustave Jundt, à Monaco la plus grande partie
de l'année ne paraît pas plus souvent que Feyen-Perrin, le peintre remarquablement doué que la *Mort
d'Orphée* a mis hors de pair ; Chatrian, que son poste
officiel de maire de Raincy enlève malheureusement
à la capitale, est régulièrement empêché ; l'une des
personnalités les plus marquantes du monde artistique, le peintre Français, né à Plombières, assiste
au dîner, ainsi que le chef de musique de la garde républicaine, Adolphe Sellenick, un Alsacien de bonne
souche, et la liste sera close lorsque nous aurons
ajouté les noms de MM. Léon Barillot et Auguste
Flameng, tous deux dignes de soutenir les grandes
traditions de l'école lorraine.

Dans le courant du mois de mai 1879, la *Soupe au lard* a fêté le premier anniversaire de sa fondation ; ce repas de famille a eu lieu dans une localité des environs de Paris, et, puisque nous en sommes à divulguer des secrets, nous pouvons assurer que nombre de convives ont apporté quelques fioles de vieux *Thiaucours* et de *Kitterle* dont on a vidé joyeusement le contenu, en écoutant les vers composés pour la circonstance par les poètes du groupe, et les discours des orateurs. Et l'on se donna rendez-vous, comme le disait avec tant d'à-propos M. Bartholdi, au pied du Lion de Belfort, pour l'époque où le colosse ne promènera plus son regard altier que sur la terre française....

DINER

CERCLE DE LA CRITIQUE

DINER

CERCLE DE LA CRITIQUE

Les artistes lyriques et dramatiques lisent avec le
soin le plus scrupuleux les articles des journaux où
sont cités leurs noms. Si à ce côté il y a une louange,
on est satisfait — en partie ; — pour que la satisfaction soit complète, il faut alors que l'éloge atteigne
des proportions extravagantes. Mais si, au contraire,
l'écrivain fait des réserves modérées, se permet quelques observations, il n'est pas digne de l'échafaud.
Critiquer un artiste qui se croit un talent hors ligne,
cela dépasse toutes les bornes. Nous nous souvenons
que, dans un de ses feuilletons du *Temps*, M. Francisque Sarcey ayant pris la liberté de ne pas trouver

parfait un des sociétaires de la Comédie-Française, ce dernier, irrité, ne trouvait pas d'expression assez dure pour qualifier le procédé du journaliste.

Les critiques devaient avoir leur *dîner*, par le temps de dîners qui court ; mais ce repas, au lieu d'être créé tout d'une pièce, vint au monde surtout pour la satisfaction personnelle de son fondateur, M. Oscar Comettant. Cet écrivain réunit chez lui d'abord quelques-uns de ses confrères ayant la spécialité des théâtres. Il espérait diriger cette troupe d'élite, lui imposer — sans violence — ses amis, et mettre de côté les artistes ou les auteurs dont le talent ne lui plairait pas. Mais ce plan échoua. On ne pouvait répéter sans cesse que M. Comettant avait une valeur indiscutable, et que ceux qu'il recommandait à la bienveillance de la critique étaient tout simplement des hommes de génie.

Les écrivains que le rédacteur du *Siècle* croyait pouvoir conduire s'organisèrent d'une façon indépendante ; différents projets furent mis à l'étude et

discutés ; enfin on décida qu'un président, renou-
velable tous les six mois, serait élu. Il y eut un article des statuts déclarant que ce dignitaire ne pourrait être réélu immédiatement après l'expiration de
son mandat. Le *Dîner* était difinitivement constitué.

M. Francisque Sarcey, du *Temps*, jouit d'une
autorité incontestée sur le public habitué des théâtres.
Rédacteur au *Gaulois* vers la fin de l'Empire, il se
retira à Versailles pendant la Commune, et il fit dans
ce journal une guerre de plume aux chefs de l'Hôtel-
de-Ville. C'est à propos de M. Sarcey que M. Henri
Rochefort trouva l'épithète de Seine-et-Oisillons
appliquée aux Versaillais.

M. Paul de Saint-Victor, l'auteur d'*Hommes et
Dieux* et d'autres ouvrages écrits dans un style
éblouissant, a occupé la place de Théophile Gautier
au *Moniteur universel*.

MM. d'Arlhac, Bisson, Renoir, font partie du
Dîner. Théodore de Banville, du *National*, l'auteur

des *Odes funambulesques*, a publié un volume qui sera d'une grande utilité aux apprentis poètes : *Petit Traité de poésie française* ; M. Jacques Amigues, qui a appartenu à *l'Ordre*, et a passé au *Petit Caporal* ; M. W. Chaumet ; M. Guy de Charnacé. M. Alphonse Daudet est plus connu comme romancier que comme critique ; *les Rois en exil, Jack*, ont été lus et discutés. Dans un genre différent, c'est le pendant du succès de M. Émile Zola. Ses revues dramatiques à *l'Officiel*, quoique très finement écrites, n'ont pas tout le succès qu'elles obtiendraient dans un autre journal. Un homme qui regarde s'il est nommé préfet, chevalier de la Légion d'honneur, procureur de la République, receveur général ou particulier, ne songe pas à la littérature.

MM. Alphonse Duchemin, du *Soir*, que l'on voit tous les jours à la Bourse ; Ernest Dubreuil, auteur de plusieurs pièces qui ont eu du succès ; P. Gérard ; de Lajarte ; Kaempfen, qui a écrit au *Temps*, à *l'Illustration*, et, après le 4 septembre, a dirigé *l'Officiel*.

Il signait Xavier Ferney. M. Jules Guillemot a fait
la critique dramatique au *Soleil*.

Adolphe Racot — Dancourt de la *Gazette de
France* — dont les chroniques sont très suivies ;
Auguste Vitu, un érudit écrivain de grand talent et
financier habile ; Vitu fils ; de Croizier ; Hippeau,
de *l'Événement* ; Jules Claretie, un des plus féconds
écrivains du jour ; Albert Delpit, poète, romancier
et auteur dramatique, a été à *la Liberté* comme critique dramatique. Il a écrit au *Paris-Journal*, au
Monde illustré, à *l'Evénement*, au *Figaro*, au *Paris*.
Quelques-unes de ses œuvres poétiques ont été cou-
ronnées par l'Académie.

Émile Mendel, du *Paris-Journal*, propriétaire du
Nain Jaune, est, comme Alphonse Duchemin, un des
assidus de la Bourse ; M. Henri Lavoix fils, attaché
à la Bibliothèque nationale, s'occupe de musique,
et a publié sur l'art musical des travaux fort remarquables. Georges Maillard, du *Pays* ; Moquet ; Sou-
bies, du *Soir* ; Victor Cochinat, du *Moniteur* ; Léon

Kerst, du *Voltaire*. M. Kerst a été à la *Presse* comme critique musical, et dirige le *Journal illustré* ; Magnus, du *Télégraphe ;* Henry Fouquier, du *XIX⁰ Siècle*, secrétaire général de la préfecture des Bouches-du-Rhône, après le 4 septembre, directeur de la presse au ministère de l'intérieur, où il succéda à M. Derrien ; M. Fouquier a repris son ancienne profession de journaliste. Nous ne savons si l'administration a perdu à son départ, mais le journalisme y a gagné.

M. de La Rounat, ancien directeur de l'Odéon, rédacteur du *XIX Siècle*, a repris la direction du théâtre qu'il n'avait quitté qu'à regrets. François Oswald a fait partie, pendant des années, de la rédaction du *Gaulois ;* M. E. Reyer est chargé de la critique musicale aux *Débats* ; M. Clément Caraguel a succédé à Jules Janin dans le même journal. C'est un auteur dramatique de talent. Mort en 1883, il a été remplacé par une des célébrités du journalisme. M. J. J. Weiss, MM. Choquet, de Conninck, Mathis Lussy, Nibelle, Armand Silvestre, de *l'Estafette*. Si on veut être désagréable à Silvestre, c'est de remplacer l'*i* de son nom par l'*y* : le poète disparaît, le confrère rieur n'existe plus, on a en face de soi un tigre en fureur.

L'Estafette a vécu, elle est tombée sous la directions de M. Léonce Détroyat, comme sont ensuite tombés *l'Indépendant, la Réforme, le Jour*. M. Détroyat est le tombeur des journaux. C'est un genre de spéculateurs comme un autre. Un peu plus malhonnête, peut-être.

Raoul de Saint-Arroman est attaché aux beaux-arts ; M. Tassin ; M. Henri de Pène, un des fondateurs du *Gaulois*. Il fit paraître le *Paris-Journal* en 1869, et un des premiers numéros de la nouvelle feuille fut rédigé par des condamnés politiques, détenus à Sainte-Pélagie. M. Pourcelle ; Octave Noël, un économiste qui a été à *l'Officiel* à *l'Ordre*, et s'est séparé de ce dernier journal où il a eu pour successeur Pierre Conil. Il a publié un travail fort remarquable sur *l'Organisation financière en France*.

6

Armand Roux s'occupe de musique; il dirige, avec habileté une modeste petite revue qui fait peu parler d'elle. Au fond, très bon garçon. Il est le mari de Mme Brunet-Lafleur, dont les habitués de l'Opéra-Comique ont pu apprécier le talent. MM. Louis Moland, du *Français* ; Lemaire ; Armand Gouzien, directeur du *Journal de musique*. Gouzien est un ancien rédacteur du *Gaulois*.

Daniel Bernard, de *l'Union*, a rédigé la chronique parisienne à la *Revue du Monde catholique*. M. Bernard est mort dans la force de l'âge au moment où lui arrivait la réputation. MM. Bourgeat ; E. Franck ; Henry Maret, rédacteur en chef de *la Vérité*. Écrivain de talent, homme du monde, M. Maret est certainement l'une des meilleures plumes du parti radical. Il appartient à la famille des ducs de Bassano. E. Stoullig, du *National;* Fourcaud, du *Gaulois ;* F. Clément, Henry de Lapommeraye, ancien employé à l'Hôtel de ville. M. de Lapommeraye débuta dans les petits journaux de théâtre, écrivit au *Bâtiment*, journal des entrepreneurs, passa au Sénat au bureau des pétitions, et, à la chute de l'Empire, entra à *la Liberté*, puis à *la France*. C'est un des conférenciers les plus en vogue. Il a été nommé professeur au Conservatoire. Il rédige le courrier dramatique de Paris.

Henri Chabrillat a été journaliste, puis directeur de théâtre. Il a dirigé l'Ambigu, où il a fait représenter avec un grand succès l'*Assommoir*, de M. Zola, et *Nana*. MM. Vührer, directeur du *Soir*, van Vercken, un financier, font partie du *Dîner des Critiques*. Édouard Fournier, Sylvain Saint-Étienne, morts depuis, étaient également du repas.

M. François Coppée succéda à M. Édouard Fournier, à *la Patrie*. Il donna sa démission lorsqu'il fut élu membre de l'Académie Française ; Lemerre et ses amis lui offrirent un banquet à l'hôtel du Louvre, la rédaction de *la Patrie* lui en offrit un autre à l'hôtel Continental, naturellement le cercle de la critique dramatique ne pouvait faire moins.

Le président adressa aux membre du cercle la lettre suivante :

« Monsieur et cher collègue,

» Sur l'initiative spontanée de plusieurs de nos collègues, il a été décidé que notre prochain dîner dont la date réglementaire est fixée au mercredi 12 courant, serait offert par souscription à notre cher collègue et ami François Coppée, pour fêter son élection comme membre de l'Académie française.

» On se réunira, comme à l'ordinaire, chez Brébant à sept heures du soir.

» Veuillez agréer, etc.

» Le président,

» Auguste VITU. »

M. Kaempfen, directeur des Beaux-Arts, répondit qu'il regrettait de ne pouvoir assister au repas, mais au lieu du nom de Coppée, il mit celui de Claretie, ce qui jeta une certaine gaieté dans l'assistance.

Le dîner eut lieu le 12 mars 1884 et fut très animé. On toasta beaucoup et M. Émile Blavet — Parisis du *Figaro*, dit le couplet suivant :

Sous la coupole ils sont quarante ;
Ici nous sommes quatre-vingts.
Lesquels valent mieux des quarante,
O Seigneur, ou des quatre-vingts ?
Qu'importe, puisque les quarante
Font les yeux doux aux quatre-vingts,
Et que le dernier des quarante
Sorti des rangs des quatre-vingts,
Tout en restant un des quarante,
Reste fidèle aux quatre-vingts ?

On sera peut-être étonné de ne pas voir figurer dans cette liste le nom, paraît-il, très connu, d'un critique. Il a été membre de la société ; mais, ayant vendu son fauteuil pour une première représentation au Vaudeville, il fut exécuté, c'est-à-dire expulsé de l'association. Il paraît que la leçon ne lui a pas servi, car depuis il a recommencé le même exploit.

Le dîner a lieu chez Brébant.

LA TINTAMARMITE

LA TINTAMARMITE

Ce dîner est déjà ancien, mais n'existait point sous son nom actuel, qu'il a pris ou repris vers le commencement de l'année 1879. Cette réunion a été fondée, lit-on dans les statuts, — car il y a des statuts, — en vue de réunir les amis des organisateurs, appartenant aux arts, à la littérature et au théâtre. Le comité fixe le jour des réunions. C'est ce comité qui statue sur les demandes d'admission. Le président est nommé à chaque séance par acclamation.

Coquelin cadet a été un de ces présidents, c'est lui qui signe, sous le pseudonyme de Pirouette. Nazim, rédacteur du *Tintamarre*, de son vrai nom Mazingot, était chargé d'envoyer les invitations.

M. Mazingot était fort peu connu comme littérateur, lorsque le ministère l'ayant choisi — en 1880 — pour occuper un poste administratif dans le département du Nord, ce fut un immense éclat de rire dans la presse conservatrice et même républicaine. Du coup, le pseudonyme de Nazim et le nom de Mazingot devinrent célèbres, mais cette gloire ne fut qu'un feu de paille et l'écrivain fantaisiste tomba bientôt dans l'oubli. M. Clovis Hugues, un jeune journaliste marseillais, qu'un duel a mis en relief, assiste à ces dîners. M. Hugues est un poëte de grand talent et représente à la chambre une fraction d'électeurs des environ de la Cannebière. Tous les rédacteurs du *Tintamarre*, le peintre Jules Garnier, sont également des habitués.

Une des cartes d'invitation à ce repas est assez originale.

Sur un papier épais de forme à peu près carrée est dessiné un encadrement aux quatre coins duquel sont des personnages fantaisistes tenant les coins d'un drap qu'ils manœuvrent avec frénésie. Sur ce drap roulent une belle petite, montrant son fonds de culotte et ses mollets, un gommeux et un vieux viveur.

Au-dessous de ces personnages bernés est écrite l'invitation ainsi conçue :

Mon cher monsieur...,

Le *Tintamarre* vous prie de lui faire l'amitié d'assister (sans habit) à un dîner mensuel qui aura lieu chez..... le..... à 6 heures 1/2 très précises.

Cotisation : 7 francs.

Répondre au bureau du journal, 29, rue d'Amsterdam, avant le

De la part de N   , membre fondateur.

Une autre carte surmontée des armoiries du journal, n'est autre qu'une carte postale double. La moitié est pour l'invitation : pour répondre, l'invité n'a qu'à détacher la seconde moitié qui porte l'adresse imprimée de M. Bienvenu, directeur du *Tintamarre* et un timbre. Voici cette réponse, avec les motifs qu'on peut invoquer pour ne pas assister à la réunion.

RÉPONSE

(Prière *instante* de détacher et de renvoyer cette carte, après avoir indiqué, par un simple trait, ou l'ACCEPTATION ou le motif du REFUS. — *Très, très urgent.*)

J'IRAI

JE N'IRAI PAS :

— *Parce que vous me dégoûtez.*

— *Parce que ma belle-mère dîne à la maison.*

— *Parce qu'elle n'y dîne pas.*

— *Parce que j'ai des hémorroïdes.*

— *Parce que je ne veux pas me compromettre.*

— *Parce que Ricord me l'a défendu.*

— *Parce que ma femme insiste pour que j'y aille.*

— *Parce que*

— *Parce que*

— *Parce que*

— *Parce que*

Le dîner a lieu chez Notta. Avant de se séparer chacun des assistants doit donner un livre, un tableau une gravure, en un mot une œuvre d'art quelconque. Chaque objet donné doit porter la dédicace du donateur et le tout forme une tombola. La dédicace est naturellement adressée au gagnant des lots.

LE DINER DES PEINTRES

LE DINER DES PEINTRES

Ah ! que j'aime, avec de la salade,
Un gros morceau de jambon !
Y a pas danger qu'on soit jamais malade
Quand on mange avec de la salade
Un bon morceau de jambon !
Amis, cassons les pots, les plats, les verres,
Cassons les verres, les plats, les pots ;
Puisqu'il n'y a plus dans l'plat qu'des pommes de terre,
Cassons les verres, les pots, les plats !

En entendant ce refrain bizarre, le promeneur qui
se trouvait près du café de Fleurus se disait ce sont
des artistes qui s'amusent. En effet, le *Dîner des peintres* se réunissait une fois par mois dans cet établis-

sement, où se sont rencontrés les écrivains et les artistes les plus connus. A la fin du repas on allumait la pipe démocratique ; la cigarette, le cigare, confondaient leur fumée, qui formait dans la salle de petits nuages bleuâtres.

Il y a des convives qui roucoulent des romances :

Je sais comment naissent les roooses !

D'autres préfèrent la gaudriole, c'est une question de tempérament.

Le peintre Français a un faible pour la barcarolle et chante :

A l'osteria della luna
La padrona a fa fortuna

On termine par la chanson des *Paysagistes*, dont nous avons donné plus haut un spécimen. Corot a été un des fidèles du *Dîner des peintres*; Paul de Musset, le frère de l'illustre poète en faisait partie, ainsi que Charles Asselineau. Puis Aimé Millet, Chenavard,

Viollet-le-Duc, Carolus Duran, Matout, Charles
Busson, Duménil, Leroy. Le dîner a été fondé en
1849 ; tous les peintres célèbres en ont fait partie.
La date de la réunion est le dernier jour de chaque
mois ; on se met à table à sept heures.

Donnons le menu d'un de ces repas :

Huîtres d'Arcachon. — Croûte au pot, — Hors-
d'œuvre. — Côtelettes à la Soubise. — Poularde
truffée. — Salades, — Timbale de macaroni. — Desserts.

Comme vins : du chablis, du bordeaux, du volnay
de 1853 et du champagne à indiscrétion.

Les solitaires de la Thébaïde n'ont jamais connu
pareilles choses ; il est vrai qu'à l'époque où ils vivaient, les huîtres d'Arcachon étaient inconnues et le
champagne n'existait pas. Mais peut-être avaient-ils
trouvé le moyen de rendre les sauterelles délicieuses.
C'est une question que résoudra probablement un
des Trompettes de l'avenir.

LES GAUDES

LES GAUDES

Les Francs-Comtois habitant Paris avaient d'abord fait partie du *Dîner de l'Est*, puis ils ont voulu former un groupe dont les membres seraient tous nés dans la province qui formait un des plus beaux fleurons de la couronne des ducs de Bourgogne.

La Franche-Comté, habitée par une population énergique, jouissant sous le gouvernement des rois d'Espagne de privilèges qui en faisaient un État autonome, lutta pour maintenir un ordre de choses qui lui offrait toutes les garanties morales et matérielles d'indépendance politique.

La division de l'ancien comté de Bourgogne en trois départements n'a point fait oublier l'antique et glorieuse dénomination, les habitants du Doubs, de la Haute-Saône et du Jura sont toujours des Francs-Comtois.

Plusieurs fois déjà on avait tenté de fonder une réunion ; après plusieurs efforts infructueux, l'association fut enfin créée, grâce à MM. Ulysse Robert, Chapoy, Bouchot et Paulin Teste. Il fallait une étiquette à la nouvelle société, le *Dîner de l'Est* était surnommé la *Soupe au lard ;* celui des Auvergnats s'appelait la *Soupe au choux,* la Comté avait aussi son mets national : les *Gaudes,* cette bouillie de farine au maïs, donna son nom à l'association naissante.

Pour se moquer des Francs-Comtois, on a répandu cette proposition, attribuée à un indigène, à un visiteur :

« Voulez-vous des gaudes, mon bon monsieur, nos cochons n'en veulent plus. »

N'en déplaise à l'auteur de cette plaisanterie, les *gaudes* sont un mets excellent.

Les fondateurs se réunirent le 12 février 1881. Le

15 du même mois les quatres organisateurs assemblés en conseil étudiaient les moyens à employer pour développer la société. M. Ulysse Robert amenait deux adhérents nouveaux. MM. Beauquier et Ernest Courbet.

A toute société qui se respecte et veut vivre, il faut une constitution. Les premiers membres formèrent le comité des fondateurs. M. Robert fut nommé président, M. Bouchot assesseur, M. Chapoy secrétaire et M. Paulin Teste secrétaire-adjoint.

Le moyen adopté pour affirmer l'existence du groupe ne pouvait être qu'un dîner. On décida que ce repas aurait lieu tous les mois ; la date en fut fixée au 3 mars, et l'on décida en même temps d'en offrir la présidence à M. Francis Wey.

Le premier repas eut lieu au *Bœuf à la mode*, rue de Valois.

Au dessert, M. Beauquier, député du Doubs et membre de la Société des Gens de lettres, remercia, dans une heureuse improvisation, les membres fondateurs et développa cette idée, qu'il est bon de conserver les sentiments d'amour et de respect pour ces anciennes provinces qui forment l'unité française.

Le nom, les *Gaudes*, fut accepté avec enthousiasme et reçut sa consécration officielle. La société, si modeste au jour de son début, est arrivée au chiffre respectable de 350 membres.

Le 5 mars fut élu le comité, composé d'abord des quatre fondateurs, auxquels on adjoignit M. Ernest Courbet.

Depuis cette première réunion, les *Gaudes* ont tenu régulièrement leurs assises mensuelles. La politique est bannie de ces dîners où se rencontrent les opinions les plus variées. Le restaurant du Bœuf à la Mode ne pouvant plus contenir les associés, chaque mois plus nombreux, on émigra aux Batignolles, chez Lathuille.

Parmi les artistes qui font partie des *Gaudes* nous

citerons Clésinger, le statuaire célèbre mort en 1883 ;
les peintres : Gérôme, membre de l'Institut ; Jean
Gigoux, qui a fait des portraits très remarquables ; A. Rapin, paysagiste qui s'inspire des sites
pittoresques de la Franche-Comté : Pointelin, qui
reproduit également les beaux points de vue du
Jura ; Tony Faivre.

Parmi les savants : l'illustre M. Pasteur, membre
de l'Académie des sciences et de l'Académie française ; M. Bouquet, également de l'Institut, —
Académie des sciences.

M. Bertin, sous-directeur de l'École normale,
fait partie des *Gaudes*, ainsi que M. Révillont, con-
servateur au Louvre, M. E. Courbet, outre sa
grande habileté à manier les chiffres est un lettré de
grande valeur, un écrivain de talent, et, ce qui ne
gâte rien, d'une obligeance rare. Parent du célèbre
peintre d'Ornans, c'est lui qui organisa, en 1882,
au palais des Beaux-Arts, la belle exposition des
œuvres de Gustave Courbet.

MM. Ulysse Robert et Henri Bouchot sont archivistes-paléographes. Le second a publié, chez Jouaust, une belle édition de Brantôme et est attaché à la Bibliothèque nationale ; M. Teste, élève de l'École des langues orientales, est également à la Bibliothèque.

Les journalistes et hommes de lettres : MM. Jules Valfrey, du *Moniteur universel ;* Camille Etiévan, secrétaire de la rédaction du *Siècle ;* Firmin Javel, rédacteur de *l'Événement ;* Callet, de *la Justice ;* Jean-Léon Billot, dit Jules Billaut, ancien rédacteur du *Gaulois* et ancien directeur de *la Presse ;* Japy ; Grandmougin ; le docteur Monin du *Gil Blas.*

Hommes de loi ; MM. Ducreux, président de chambre à la cour d'appel de Paris ; H. Chapoy avocat à la cour d'appel.

Citons encore le général de division Lamy.

MM. le comte Wernes de Mérode, Gustave Oudet, ces deux derniers sénateurs du Doubs.

Députés MM. Beauquier, Marquis et, Gaudy.

Membres honoraires: le peintre Français, M. J. Quicherat, directeur de l'École des Chartes ; M. Hérisson, député, secrétaire d'État aux travaux publics dans le ministère Duclerc, ministère que M. Henri Rochefort a irrévérencieusement appelé une ménagerie. M. Hérisson a passé des travaux publics au commerce.

LE DINER DU PLUVIER

LE DINER DU PLUVIER

Le café Saint-Roch est depuis des années le lieu de rendez-vous d'artistes et de littérateurs. Situé au coin de la rue Neuve-des-Petits-Champs et de la rue Saint-Roch, il a été démoli pour l'ouverture de l'avenue de l'Opéra et reconstruit à peu près sur le même emplacement. On l'appelait dans le quartier le café Robespierre, parce que le célèbre conventionnel avait été jadis un de ses habitués.

En 1866, Philibert Audebrand, qui fréquentait cet établissement, émit l'idée de fonder un dîner. La première réunion eut lieu chez Brébant. On rédigea les statuts de la nouvelle société, et il fut décidé que le président serait élu chaque mois au scrutin secret :

qu'on ne s'occuperait pas de politique, et, enfin, que nul ne parlerait pendant plus de cinq minutes. Mais il s'agissait de trouver un nom au dîner ; cela était plus difficile que de rédiger des statuts. Toutes les cervelles étaient en ébullition, chacun se mettait l'esprit à la torture pour attraper ce nom qui semblait introuvable. Les plats succédaient aux plats, la situation devenait critique, lorsque le maître d'hôtel apporta solennellement un pluvier. Le même cri s'échappa de toutes les poitrines haletantes ; on avait trouvé : l'oiseau mort et sur le point d'être dévoré donnait son nom au dîner naissant.

Le *Pluvier* comptait parmi ses membres : A. Grenier, un normalien qui rédigeait, à cette époque, *la Situation*, journal fondé par le roi de Hanovre, pour défendre les intérêts des princes allemands dépossédés par la Prusse. M. Grenier, ancien élève de l'Ecole d'Athènes, ne rapporta pas en France un bon souvenir des descendants de Thémistocle, de Léonidas et autres héros de même nature. Aussi, dans *le Consti-*

tutionnel, leur fit–il une guerre acharnée, et les sus-
dits descendants de héros — héros eux-mêmes — ne
lui élèveront-ils pas de statues. S'ils n'obtinrent
pas la Thessalie et l'Epire, M. Grenier fut pour
quelque chose dans cette déconvenue. De la Foulhouse, un peintre doublé d'un poète ; Aimé Maillart,
musicien, auteur des *Dragons de Villars;* Auguste
Rolland, ancien secrétaire de Proudhon et l'un de
ses exécuteurs testamentaires. Possesseur d'un
grand nombre de lettres intimes du célèbre écrivain,
lorsqu'on fit paraître sa correspondance, il refusa de
les communiquer à ses héritiers. Rolland quitta le
Constitutionnel pour aller en province, à Périgueux,
diriger le journal *le Périgord.* On a de lui une tra-
duction des *Lettres de la Palatine ;* Porion, peintre ;
Eugène Schnerb, alors directeur de *Paris-Caprice.*
puis rédacteur de *Paris-Journal.* Lorsque M. Edmond About prit la direction du *XIX⁰ Siècle,*
M. Schnerb devint un de ses collaborateurs et fut
ensuite nommé préfet de la Corse, puis de Vaucluse,

directeur de la sûreté au ministère de l'Intérieur et ensuite préfet de la Gironde. H. Rousseau, chef de bureau au ministère de l'intérieur et plus tard préfet de l'Aisne ; Ernest Dottain, normalien comme M. Grenier, mort au commencement de 1880, rédacteur en chef des *Débats*. Le premier dîner fut d'une succulence telle que les convives attendris et reconnaissants couronnèrent de roses M. Dottain, qui l'avait commandé. Ce spectacle arracha quelques larmes aux assistants. On voulut porter l'écrivain en triomphe, mais son poids fit avorter cette tentative, très flatteuse pour celui qui en était l'objet.

M. Gustave Chaudey, fusillé sous la Commune par ordre de Raoul Rigault ; Émile Blavet, Paul Bocage, neveu du célèbre comédien, romancier et auteur dramatique ; Émile Daclin, journaliste, employé aux beaux-arts, sous-chef du cabinet de M. Bardoux après 1870 et nommé sous-préfet de Saint-Claude, au mois de janvier 1881 ; Armand Lapointe, romancier.

A un dîner qu'il présidait, Philibert Audebrand présenta le célèbre guitariste espagnol Huerta, l'auteur de l'*Hymne de Riego*.

La guerre et la Commune amenèrent la suppression du *Pluvier*; on essaye de le reconstituer; peutêtre que, comme le Phénix, il renaîtra de ses cendres.

LE DINER BIXIO

LE DINER BIXIO

Fondé par Alexandre Bixio, ce dîner ne réunissait que de grandes individualités appartenant à la finance ou à l'industrie. Mais M. Bixio était un éditeur intelligent et un lettré ; toutes les sommités de la science, de la littérature et de l'art firent partie du dîner, qui devint une succursale de l'Institut.

En effet, parmi les anciens membres de cette société, nous citons, outre le nom de son fondateur, les noms de Claude Bernard, l'illustre physiologiste qui fit partie de l'Académie française ; Prosper Mérimée ; François Ponsard ; Sainte-Beuve ; Trousseau ; Louis Perrot ; de Lagrenée ; A. Richard ; Alexandre Dumas père ; Eugène Delacroix ; Fromenthal Ha-

8.

lévy ; Charles Marchal, le peintre ; H. Biesta ; Auguste Villemot. Tous sont morts, mais aucun d'eux n'est oublié.

Parmi les vivants, il y a le fils de M. A. Bixio, M. Maurice Bixio ; Joseph Bertrand, le savant mathématicien, membre de l'Institut ; Victor Borie [1], publiciste distingué, ancien secrétaire général du Comptoir national d'Escompte, maire du sixième arrondissement de Paris ; le général Cialdini, duc de Gaëte, ex-ambassadeur d'Italie en France ; M. Armand Donon, directeur de la Société des dépôts et comptes courants.

Camille Doucet, secrétaire perpétuel de l'Académie française ; Alexandre Dumas qui a hérité non seulement du nom, mais de l'esprit et du talent du célèbre auteur des *Trois Mousquetaires*, des *Demoiselles de Saint-Cyr* et de tant d'autres œuvres qui ont passionné et passionnent encore tant de lecteurs ; Ernest Legouvé ; John Lemoine, écrivain que son

1. M. Borie est mort depuis.

talent a fait arriver à l'Académie et que d'habiles
évolutions politiques ont conduit au sénat ; sa nomi-
nation au poste de ministre de France à Bruxelles,
son acceptation, puis son refus de se rendre dans la
capitale de la Belgique, causèrent une certaine émotion dans le monde gouvernemental et amusèrent le
public. E. Labiche, le spirituel vaudevilliste. On raconte que M. Labiche se trouvant dans le Loiret, où
il possède une propriété, se foula le pied. Il n'y
avait pas de médecins dans la localié ; l'auteur de la
Cagnotte souffrait horriblement ; on se décida à aller
quérir un rebouteux qui jouissait dans la contrée d'une
réputation très grande.

Le campagnard arriva, examina le membre malade,
se livra à quelques signes cabalistiques, puis sortant
son pied nu, couvert d'une épaisse couche de crasse,
d'un sabot à demi rempli d'une paille pourrie remplaçant la chaussette absente, il approcha ce pied
nauséabond et malpropre de celui du blessé. Labiche
voulut protester, mais le rebouteux lui dit qu'il de-

vait, pour obtenir une guérison aussi complète que rapide, frotter vigoureusement à trois reprises diffé - rentes le pied qu'il exhibait sur la cheville de son client. Pendant qu'il se livrait à cette opération avec le calme d'une conscience plus pure que sa peau, Labiche murmurait mélancoliquement :

« Heureusement que ce n'est pas à la langue que j'ai du mal ! »

Victorien Sardou, de l'Académie française, dont les succès au théâtre ont établi la réputation ; Henri Lavoix, de la Bibliothèque nationale, un fin lettré qui a publié un petit volume luxueusement imprimé sur les premières représentations du *Mysanthrope* ; M. Victor Lefranc, ministre de l'intérieur sous la présidence de M. Thiers ; M. Émile Perrin, ancien directeur de l'Opéra ; puis directeur de la Comédie-Française ; M. Charles Garnier, l'architecte de l'O-péra ; M. le chevalier Artum, diplomate italien ; le commandeur Nigra, ancien ambassadeur d'Italie à Paris, envoyé ensuite à Saint-Pétersbourg comme

représentant du roi Humbert auprès de l'empereur
Alexandre ; M. Régnier, une des illustrations de la
Comédie-Française ; Meissonnier, le célèbre peintre ; M. Yvan Tourgueneff [1], le poète russe dont la
réputation est européenne ; M. Edmond Joubert ;
M. Camille Depret ; le docteur Henri Guéneau de
Mussy, fils du célèbre médecin de ce nom qui suivit
dans l'exil la famille d'Orléans ; M. Richard Lie-
breich ; M. Frederic Szarvady, un écrivain hongrois.

On voit, par ce résumé, que le dîner Bixio justifie
parfaitement le titre qu'on lui donne familièrement
de : *dîner académique.*

1. Mort en 1883.

L'ARCHE DE NOÉ

L'ARCHE DE NOÉ

En 1867, plusieurs jeunes artistes fréquentaient le
restaurant de la *Tourelle*, au coin des rues Saint-
Benoît et Jacob. Ce premier groupe se composait du
peintre Eugène Baudouin, qui était le boute-en-
train de la réunion ; d'Henri Regnault, Léon
Glaize, Adrien Moreau, Clairin, Blanchard, Firmin
Girard, Alfred Loudet, Amédée Rosé, peintres ; de
Louis Bourgeois, Aristide Croisy, Jules Lafrance,
sculpteurs. Henri Regnault se livrait à des charges
où la mort jouait toujours le principal rôle. Un jour,
il se barbouilla la figure, le cou et la poitrine de
rouge, et se fit apporter par quatre de ses amis à la
Tourelle. On crut que ces hommes étaient chargés

9

d'un cadavre. On parla d'assassinat ; l'émotion était dans le quartier ; les sergents de ville prévinrent le commissaire de police, et on eut beaucoup de peine à faire comprendre à ce magistrat que toute cette émotion avait pour cause une farce de mauvais goût. A cette époque la petite société n'avait pas encore de nom.

En 1868, elle se transforma et le nombre de ses membres s'accrut. Les nouveaux étaient Saint-Saëns, compositeur de musique ; Paul Ferrier, auteur dramatique ; Paul Deroulède, qui a fait les *Chants du soldat* ; Georges Charpentier, fils du célèbre éditeur ; Paul Sébillot, peintre ; les trois Coquelin ; Piton, jeune homme fort riche qui faisait de la peinture en amateur ; Etienne Leroux, sculpteur ; Georges Becker, peintre ; Frédéric Barré, poète.

La Société se réunit au Palais-Royal, chez Janodet, et prit le nom de *Trop serrés*, parce que le salon où elle s'assemblait était tellement exigu, que les malheureux artistes étaient entassés les uns sur les autres et pouvaient à peine se mouvoir.

En 1869, nouvelle transformation. Le titre de
Trop serrés est remplacé par l'*Arche de Noé*. Pour
célébrer cette étiquette nouvelle, quelques-uns des
lettrés de l'association se mettent au travail, et en
quelques jours, composent une tragédie des plus
fantaisistes sous ce titre renversant : *Abraham ou le
Patriache qui trompe sa femme*. Cette œuvre dramatique avait trois actes. Les principaux rôles étaient
ainsi tenus : Abraham, Eugène Baudouin ; un petit
chameau, Coquelin cadet ; un chamelier, Coquelin
aîné ; Sarah, Albert Dupuis ; Ismaël, Georges Charpentier ; Isaac, Croisy ; Agar, Mlle X...

Cette Mlle X... était un modèle. Comme le rôle
d'Agard était très leste, au dernier moment, quelques-unes des femmes qui l'avaient accepté refu-
sèrent de jouer. On en mit une sous clef pendant
plusieurs jours, et elle apprit ce qui devait faire l'admiration de l'auditoire ; on ne la mit en liberté qu'au
moment d'entrer en scène ; on lui avait donné de l'audace, grâce à quelques verres d'un vin capiteux. Cette

actrice d'occasion se suicida deux ou trois ans après en se jetant dans la Seine.

Il y avait des chœurs dans cette pièce, qui eut un succès fou. Elle fut jouée dans une maison du boulevard Montparnasse appartenant à un des sociétaires le peintre Piton. On démonta des cloisons pour avoir une salle assez vaste. Sculpteurs, hommes de lettres, peintres, artistes dramatiques, se transformèrent en menuisiers, en charpentiers, en maçons, pour démolir et reconstruire. Mis en goût par cette fête, M. Piton donna des bals masqués qui eurent une grande vogue dans le monde des artistes. Nous l'avons dit, ce garçon était riche et il pouvait se permettre bien des fantaisies ; malheureusement, il avait placé toute sa fortune dans une maison de banque dirigée par un de ses frères ; le banquier se sauva, laissant sa caisse vide et ruinant ceux qui avaient eu confiance en lui. Le jeune Piton, frappé de ce coup inattendu, liquida sa situation et quitta Paris sans prévenir personne.

Chez Léon Glaize, rue de Vaugirard, on joua une autre pièce, un mélodrame à peu près du calibre de l'*Arche de Noé*. Cette nouvelle œuvre avait pour titre : la *Blouse et l'Habit* ou les *Fils de la Révolution*. Au quatrième acte, on voyait le *Moulin du Diable* avec inondation véritable. Les spectateurs, enthousiasmés, bissèrent l'inondation et l'eau recommença à couler à flots. Alors ce fut du délire.

Les interprètes de la *Blouse et l'Habit* étaient les frères Coquelin, Sénéchal, Mlles Lloyd, Rose Deschamps, des Français, et Mlle Baretta, sœur de la sociétaire de la Comédie-Française.

Lorsque la Société des *Trop serrés* prit le nom d'*Arche de Noë*, elle comptait dix-sept sociétaires. Outre la fameuse tragédie d'*Abraham*, on fit à ce propos une chanson dont Saint-Saëns composa la musique. Cette poésie due à la collaboration de plusieurs cerveaux en délire, vit le jour sur l'impériale d'un omnibus. Coquelin cadet, Paul Ferrier et Paul Deroulède sont les auteurs de ce beau travail. Avec deux ou trois de leurs amis, ils se trouvaient un jour perchés sur la voiture.

Ils causaient de l'*Arche de Noé*, naturellement ; mais comme ils étaient séparés par d'autres voyageurs, ils parlaient très haut. On eut l'idée d'une chanson, aussitôt on chercha les vers, qu'on se criait de l'un à l'autre. Leurs compagnons d'impériale prenaient ces versificateurs pour des échappés de Charenton ; une des victimes de ces poètes en mal de vers voulut même appeler un sergent de ville pour les faire descendre. L'omnibus n'allait pas vite ; aussi, quand il arriva au boulevard Montparnasse, la chanson était composée, et les heureux auteurs coururent mettre sur le papier cet enfant de leur imagination.

Voici ce chef-d'œuvre, qui est inédit, et peut-être les auteurs eux-mêmes n'en ont-ils pas gardé une copie. Quand on l'aura lu on comprendra l'ahurissement des voyageurs, victimes innocentes de fantaisies d'artistes :

I

Il y en a dix-sept qui se sont dit :
L'expérience nous démontre
Qu'on se voit quand on se rencontre ;
Rencontrons-nous les mercredis.
Les bosquets et la politique
Sont un labyrinthe exotique,
Où j'irai pas chercher Chloé ;
Mais si la vie est un déluge,
Mes frères bêtes, le refuge
N'est-ce point l'arche
　　De Noé ?
　Ohé ! ohé ! ohé !
　En avant marche !
　Et vogue l'arche
　　De Noé !

II

Et mettez-vous dans le cerveau,
L'homme n'est qu'un bâtard du singe
Qui par orgueil porte du linge
Et cache ses pieds dans du veau.

Soyons donc tout bêtement bêtes,

Et si l'hasard de nos fourchettes

Pîque des mots étincelants,

Un ban pour cet ami des artistes.

Mais saluons, rêveurs et tristes,

Le calembour en cheveux blancs !

Ohé ! ohé ! etc.

III

L'avenir, ce gallinacé,

Nous couvre de ses ailes roses ,

Déjà des bêtes sont écloses

De l'œuf que la gloire a cassé.

Sortis on non de leur coquille,

Tous ces œufs, battus en famille.

Feront un vrai plat de gueulard !

Et l'amitié, leur cuisinière,

Va dans sa poêle printanière,

Sauter notre omelette et l'art !

Ohé ! ohé ! etc.

IV

Voilà ce que les dix-sept se sont dit :

Et montant le vaisseau biblique,

Ils veulent vivre en république,

Ces animaux du mercredi.

Mais à Chaillot la présidence

Ils s'en fient à la Providence

Du soin de régler leur chahut.

Ils ont pour principe : On se grise :

Pour couleur : Gueule : et pour devise :

Hors de l'arche, point de salut.

Ohé ! ohé ! etc.

La malheureuse guerre de 1870, la Commune dispersèrent la réunion ; tous les jeunes gens prirent les armes : l'un d'eux, Henri Regnault, fut tué à Buzenvai. Lui qui avait tant ri de la mort tombait sur le champ de bataille, et ses amis se rappelèrent la plaisanterie lugubre de la rue Jacob.

LES

VILAINS BONSHOMMES

LES VILAINS BONSHOMMES

C'était en 1866, Bobino existait encore, on allait y applaudir les revues du fournisseur attitré de ce théâtre ; Saint-Aignan Choler ; les artistes, les étudiants animaient ce coin du Luxembourg. Le café de Fleurus, avec sa clientèle de peintres, de sculpteurs déjà célèbres ou en train de le devenir, était quelquefois envahi par des consommateurs jeunes, ardents, se livrant à des discussions bruyantes sur le livre à sensation paru la veille, où l'œuvre artistique qui venait de mettre en vue le nom de son auteur.

Il y avait là Sully-Prudhomme, Albert Mérat, Coppée, Armand Silvestre, Georges Lafenestre et quelques autres. Un dîner fut fondé ; mais, à cette époque, les poètes et les littérateurs composant la société ne pouvaient sacrifier qu'une somme restreinte pour payer leur repas ; en revanche ils avaient des exigences à faire tourner les sauces des restaurateurs de ce côté du Luxembourg.

Pour trois francs par repas on voulait des mets variés, le café, le cognac, et on poussait la démence jusqu'à demander des cigares. La Société alla d'un restaurant à l'autre sans se fixer nulle part. A trois francs par tête, on ne tenait pas à sa clientèle. On fit ainsi tous les établissements culinaires du quartier Montparnasse, les cigares furent sacrifiés.

Dans ses pérégrinations, la tribu des dîneurs avait pris de l'importance. C'était Léon Valade, un poète alors républicain et libre penseur, devenu catholique fervent ; Camille Pelletan, un des rédacteurs de la *Justice*, journal de M. Clémenceau ; André Lemoyne, l'auteur des *Roses d'Antan* ; Ernest d'Hervilly, qui a écrit en prose et en vers tant de choses charmantes : André Gill, qui conquit une réputation si brillante comme dessinateur ; Étienne Carjat, photographe et littérateur.

On quitta la région du Montparnasse pour se transporter en plein Paris, chez un marchand de vin de la place Saint-Sulpice et plus tard chez Laveur, rue des Poitevins.

Ce restaurant, très fréquenté, avait à cette époque pour habitués : Gustave Courbet, le maître peintre ; Georges Duchêne, ancien secrétaire et l'un des exécuteurs testamentaires de Proudhon ; Gustave Chaudey, avocat ; Jules Vallès, Gustave Huriot, rédacteur en chef de la *Revue de l'Empire* ; A. Vermorel et beaucoup d'autres personnages alors célèbres ou en train de se faire une célébrité.

On dut abandonner la table d'hôte de Laveur, parce que souvent la place manquait. Il fallait alors attendre une table jusqu'à huit heures et demie quelquefois neuf heures.

Ce fut dans ce restaurant de la rue des Poitevins,

qu'un soir André Lemoyne présenta à la société un jeune homme à la figure imberbe, aux cheveux blonds. Le poète priait ses amis de ne pas effaroucher le nouveau venu, qui, d'après lui, était d'une timidité poussée jusqu'à l'exagération.

Cette violette se nommait Vermersch, avait vu le jour à Lille et faisait des vers. On se mit à table. Tout le monde n'était pas encore assis, que le timide protégé de Lemoyne criait si fort que personne ne pouvait plus placer une parole, et au bout de dix minutes, emporté sans doute par un enthousiasme généreux, il déclarait à ses nouveaux amis qu'ils n'avaient aucun talent et n'étaient tous que des imbéciles.

Cette façon toute nouvelle de démontrer sa timidité surprit tout le monde et André Lemoyne surtout.

Le timide Vermersch montra toujours la même violence chaque fois qu'il daigna honorer le dîner de sa présence. Sous la Commune, il fonda avec

Humbert le *Père Duchêne* où il dénonçait ceux qui lui déplaisaient, demandait leur exécution et l'obtenait presque toujours. La première de ses victimes fut Chaudey.

Ce fut Victor Cochinat qui donna un nom au dîner. C'était à la première représentation du *Passant*, à l'Odéon. Tous les amis de Coppée s'étaient donné rendez-vous au théâtre pour applaudir cette œuvre du jeune poète. Cochinat, agacé sans doute par le bruit des applaudissements, s'écria : *Fi! les vilains bonshommes* !

Cette phrase devint le nom de la société. Quant à son auteur, il n'existait aucune ressemblance entre lui et Adonis. De race nègre, la tête couverte d'une toison épaisse et crépue, le nez épaté, le gai Cochinat aurait pu présider de droit une réunion de vilains bonshommes.

Le dîner eut lieu à la fin de l'Empire, dans un restaurant du Palais-Royal ; il était alors dans tout son éclat. M. Théodore de Banville présidait cette

joyeuse réunion. La guerre vint, puis la Commune.
Les *Vilains Bonshommes* ne se réunirent plus : le dîner avait vécu.

LES TÊTES DE BOIS

LES TÊTES DE BOIS

A l'origine, ce dîner s'appelait l'*Invalide à la tête de bois*. Fondé en 1874 par quelques artistes et littérateurs, on s'occupa d'abord du restaurant avant de s'inquiéter du nom. La première réunion fut fort gaie, le peintre Attendu chanta la chanson, ou la complainte comme on voudra, de l'*Invalide à la tête de bois*. Cette poésie fantaisiste enleva les applaudissements, l'artiste dut recommencer son chant jusqu'à complet épuisement de ses forces naturelles ; la société éblouie, enchantée, décida séance tenante qu'elle prendrait le nom de la pièce rimée que récitait avec tant d'âme M. Attendu.

Avec le temps, tout change, s'améliore ou se modifie. La raison sociale parut trop longue à certains membres ; elle fut diminuée et devint les *Têtes de bois.*

Les sociétaires appartiennent naturellement à l'art et à la littérature. Nous citerons le compositeur Georges Alexandre qui a publié un recueil de mélodies en collaboration avec M. le comte d'Osmoy ; Edmond Schuré ; le peintre Rapin — un nom prédestiné, — médaillé de troisième classe et membre du jury du salon de 1880 ; Debrie — rien du fromage de ce nom — sculpteur ; les peintres Galerne, Artique, Besnus, Paul Sébillot, Henry de Beaulieu, ce dernier a été médaillé en 1868. Les poètes, Antony Valabrègue, Jules Gaillard, Albert Mérat, Georges Nardin, auteur des *Horizons bleus ;* M. Nardin écrit à la *Vie moderne* et a fait partie du personnel de la maison Charpentier, Le comte d'Osmoy est l'auteur, avec Gustave Flaubert et Louis Bouilhet, du *Château des cœurs* paru dans la *Vie moderne* ; le peintre aqua-fortiste Teyssonnières, les deux frères Régamey, Frédéric et Félix ; le sculpteur Leroux ; Terriez, architecte ; E. Dupré ; Jules Garnier ; Morand ; Charles de Dreux ; Louis Lande ; Delaplasse ; Paul Arène, un poète de grand talent ; Coquelin cadet ; Duvauchel ; H. E. Delacroix ; Mettling ; André Gill, le caricaturiste : Millet ; Deloye ; l'éditeur Georges Charpentier ; Jean Dolent, qui écrit spécialement sur les choses d'art, il est en même temps romancier et poète ; sous le titre de vers d'éventails, il a publié des vers dont nous détachons les suivants :

> Femmes ! sur vos lèvres « toujours »
> C'est trois mois, trois ans ou trois jours.
> Gémir n'est pas ici de mise.
> Et voici qui nous indemnise :
> Sur vos lèvres, détour humain,
> O femmes ! « jamais », c'est demain.

M. Sonnet — encore un nom prédestiné — est au moins littérateur. Son homonyme, le patron du célè-

bre café d'Orsay, que le procès Santerre a mis en
relief, se contente de nourrir les écrivains qui se réunissent dans son établissement, mais il n'a aucun goût
pour le *sonnet*. Stern, J. Gaulet intéressé dans la librairie Charpentier, l'homme qui sait le mieux faire
poser son monde sans le mettre en rage. A part cette
déplorable manie, c'est un garçon charmant, très-
aimé des journalistes et des écrivains qui ont des relations avec la maison.

L'organisateur du diner des *Têtes de bois* est
M. Colombel, bien connu de tous les éditeurs. Toujours disposé à se mettre en avant pour être agréable
ou pour rendre un service, M. Colombel s'est naturellement attiré quelques rancunes, on ne dit pourtant point encore qu'il ait reçu des témoins de l'un de
ses obligés. Mais cela viendra.

Pour clore la nomenclature de tous ces noms, citons encore Auguste Lepage que connaîtront ceux
qui liront l'ouvrage sur les *diners*.

Les *Têtes de bois* ont publié un volume sous le titre

de *Nouvelles à l'eau forte, par la société des Têtes de bois*. C'était le commencement de ses annales.

En 1883, nouveau volume, luxueusement édité par Georges Charpentier. Le texte a été fourni par les littérateurs de la société ; les artistes ont enrichi ce texte de dessins charmants, de gravures superbes. La préface, très spirituelle, est de Saint-Juirs — lisez René Delorme.

La carte d'invitation est très originale. Une table sur un des côtés de laquelle se dressent huit *têtes de bois*, qui sont les portraits d'autant de sociétaires ; en face, un homme assis, vu du dos ; en bas, deux marmitons qui surveillent les sauces. Sur la table, une bouteille, un plat, des verres, des coupes. Le tout entouré d'un encadrement fantaisiste, aux formes irrégulières. A côté de cet encadrement se tient debout un homme en habit noir, ayant l'air de lire les quatre lignes adressées à chaque *tête de bois*. Nous reproduisons ce texte aussi clair que peu long.

10

Monsieur,

Les Têtes de bois se réuniront le dernier samedi de ce mois.

On dînera à sept heures, chez

Répondre oui ou non,

à....

La lettre *M* de Monsieur pourrait faire un blason : Le corps d'un cuisinier, coiffé du béret traditionnel, supporté par des pattes d'échassier très écartées, une cuiller et une fourchette en croix de saint André forment cette lettre parlante. En tête de la lettre, des gâte-sauce, l'arme au bras ; une bouteille posée sur un petit affût part, le bouchon culbute un individu, qui roule sur le parquet. Enfin, au bas du texte, un petit bonhomme nu essayant ses forces en frappant à coups de marteau sur des *têtes de bois*.

On voit que cette carte d'invitation est un véritable blason, et les héraldistes des temps futurs blanchiront sur ces dessins compliqués.

LE DINER

DES PRIX DE RHUM

DINER DES PRIX DE RHUM

Il ne faut pas confondre ce dîner avec son homonyme des *prix de Rome*. Les artistes et les littérateurs qui en font partie sont connus ou en voie de
se faire connaître, tout comme leurs confrères qui ont
été envoyés sur les rives du Tibre pour compléter
leur éducation artistique. Cependant l'étiquette du
dîner n'est pas due tout à fait à l'imagination inven-
tive d'un peintre en joyeuse humeur. Parmi les fondateurs des *Prix de Rhum* se trouvaient, sinon des
adorateurs, du moins des amateurs passionnés de
cette liqueur qui, outre les qualités que beaucoup lui
reconnaissent, a aussi le mérite de faire connaître aux
plus ignorants l'existence de la Jamaïque.

10.

On ne s'occupe pas si la Jamaïque est une île ou fait partie du continent ; si c'est un royaume puissant ou une principauté minuscule ; ces détails intéressent peu, mais on sait que ce pays produit le rhum. Là s'arrête la science géographique d'un grand nombre d'appréciateurs de cette liqueur alcoolique.

Ce dîner fut fondé en 1880 ; la première réunion eut lieu chez Paul Brébant, le 1er novembre de cette même année. Ce repas fut très gai ; on parla de statuts, d'art, de littérature, et, le rhum aidant, l'éloquence de quelques-uns des convives atteignit des hauteurs vertigineuses. Une qualité nouvelle était découverte au produit de la Jamaïque ; il déliait les langues, donnait de l'audace aux timides et rendait gais les hypocondres. Ce fut un coup douloureux pour la pharmacie, qui cependant se remit de cette secousse. Les *Prix de Rhum* ne propagèrent pas leur découverte ; ils n'ennuyèrent pas les journalistes en leur demandant des réclames. Ils furent modestes et ne cherchèrent pas à exploiter les qualités aussi variées que sérieuses qu'ils avaient trouvées dans le rhum.

Depuis le 1er novembre 1880, les dîneurs se réunissent chaque mois, et Brébant, en homme avisé, s'arrange de telle façon que des palais délicats trouvent à sa liqueur des vertus dont les chimistes les plus savants n'avaient jamais constaté l'existence. Le nombre des sociétaires s'accrut, ce qui était tout naturel. Nous citons les noms des plus connus.

Les peintres d'abord : Roll, auteur de toiles remarquables, telles que l'*Inondation*, la *Grève des mineurs*, la *Fête de Silène* ; le paysagiste Damoy ; Barillot, qui a exposé au Salon de 1880, les *Étangs de Saint-Paul-de-Varax*, et une autre toile. Damoy avait également deux tableaux : *Un carrefour de la forêt de Fontainebleau*, et *Prairies inondées*. Le portraitiste Georges Bertrand ; Langrand, qui est aussi un portraitiste de beaucoup de talent ; Gervex, dont un des tableaux : l'*Autopsie*, est à l'Hôtel-Dieu ; un autre, un *Faune et une Nymphe*, est au Luxembourg ; la *Première*

Communion a été achetée par Mme la maréchale de Mac-Mahon. Du même artiste, une toile fort belle, *Rolla*, refusée par le jury de l'Exposition pour cause de naturalisme.

T. Courboin est l'auteur des illustrations du bel ouvrage publié par Charpentier, la *Vierge de Munster*.

Les musiciens : A. Messager, qui a fait la musique de deux ballets des Folies-Bergère, *Fleur d'Oranger* et les *Vins de France*. M. Messager aime sans doute le paradoxe, pour faire chanter la fleur d'oranger aux Folies-Bergère. Mais les habituées de ce théâtre ne comprennent pas l'allusion, et du reste, la comprendraient-elles, que cette preuve modeste d'intelligence ne les plongerait pas dans une joie folle. M. Fauré; organiste de la Madeleine ; MM. Duparc et d'Indy.

Peu d'écrivains. Georges Charpentier, avant d'être éditeur, a manié la plume, et quoique fort jeune quand il émettait ses idées sur le papier, il s'était fait

une place parmi ses confrères. Le libraire intelligent
a remplacé le littérateur. Il est toujours resté à
M. Charpentier un faible très prononcé pour les artistes, les poètes et les prosateurs. Il a fondé et
dirigé longemps *la Vie moderne*, dont le succès est
assuré ; un jeune poète, Georges Nardin, fait partie
de son personnel, et il a publié de lui un volume de
vers : les *Horizons bleus*. Nardin a causé bien des
désagréments aux commis-libraires qui venaient ache-
ter des livres, en leur faisant des reçus en vers. Heureusement que, pour ces intelligences faibles, ces
plaisanteries n'ont pas duré. L'hiver, cela passait encore ; mais l'été on a constaté des cas d'épilepsie,
des accès de gâtisme, et l'auteur de ces actes féroces
et blâmables riait à se tenir les côtes.

Nardin a un mérite : il est exact à son poste, ce
qui est étonnant pour un garçon qui se livre à la fabrication des alexandrins, mais un de ses confrères
qui était son collègue chez Charpentier, Maurice
Montégut, faisait à des intervalles éloignés, acte de

présence. Aussi quand il offrit sa démission à son patron, ce dernier crut à une aimable plaisanterie. Il croyait que depuis de nombreux mois le capricieux auteur des *Noces noires* et de *Lady Tempest* s'était retiré. Montégut eut pour successeur Léon Hennique, un écrivain naturaliste de beaucoup de talent, auteur de la *Dévouée*, un roman très bien écrit et de plusieurs autres œuvres d'imagination dont pas une seule n'a passé inaperçue. M. Hennique fait partie du *Dîner des Prix de Rhum*. Une des plus brillantes plumes du journalisme parisien, M. Fourcaud, est aussi du dîner. Comme critique d'art, il possède une autorité que parsonne ne songe à lui contester. Il écrit aussi à la *Vie moderne*.

Pour terminer, citons parmi les dîneurs le docteur Veyssières. Pour analyser les sauces, un chimiste ferait sans doute mieux l'affaire, mais chez Brébant ce serait une précaution superflue.

LES RIGOBERT

LES RIGOBERT

Fondé en 1878, ce dîner, dont l'idée première est due à Vibert, a pris une importance considérable parmi les réunions artistiques. On voulait d'abord réunir quelques amis, habitant dans différents quartiers de Paris. Ces artistes, n'ayant pas les mêmes relations, risquaient de ne jamais se rencontrer et de ne se connaître que de nom.

Vibert fit part de son idée à quelques intimes : Detaille, Worms, Berne Bellecourt, Duez, Jourdain et quelques autres. On dressa une liste des membres à élire ; le vote eut lieu et la Société fut organisée.

Voici la liste complète des sociétaires ; Vibert

11

Detaille, Worms, de Neuville, Louis Leloir, Eugène Le Roux, Roger Jourdain, Duez, Firmin Giraud, Alphonse Hirsch, Maurice Courant, de Gironde, Goubie, Léon Glaize, Delort, Poirson, Butin. Après leurs succès au Salon, on demanda à Jean Béraud, Mathey, Jacquet et, en dernier lieu, à Bastien Lepage, de vouloir bien faire partie de la Société. Alphonse Hirsch, fut nommé secrétaire et on n'élut pas de président : ce rouage parut inutile.

Les premiers dîners eurent lieu chez Brébant ; mais, au bout de quelques mois, de Neuville proposa de se réunir chez son ami Noël, au passage des Princes. Cette proposition fut acceptée et Noël reçut les artistes à bras ouverts.

Le dîner n'eut pas de nom pendant quelque temps, mais cette hérésie ne pouvait durer ; on chercha, chacun proposa un titre ; l'un même émit l'idée de l'appeler *Gueules de bois*, puisqu'il y avait déjà les *Têtes de bois*, il y eut des cris de pudeur effarouchée dans la réunion ; on se récria contre ce nom par trop

réaliste, et, en cherchant dans l'almanach, on s'aperçut que le saint du jour était saint Rigobert. Le nom
était trouvé : le dîner fut nommé le *Rigobert*.

*
* *

Après quelques repas payés, le restaurateur qui est
un homme de goût, proposa un arrangement qui
consistait à le solder, non en argent, mais en œuvres
d'art. Chaque dîneur lui donnerait un croquis. La
proposition fut acceptée.

La seconde année, Noël, qui avait pris goût à la
chose, proposa de continuer ce système d'échange ;
les artistes qui ne s'en trouvaient pas mal, applaudi
rent, et la collection du restaurateur continua à s'en-
richir d'œuvres signées de noms célèbres.

Il faut dire que ces repas succulents avaient séduit les artistes.

*
* *

Les dîners des Rigobert sont très gais ; on y dépense beaucoup d'esprit, on y dit pas mal de bêtises et jamais on ne s'occupe de choses sérieuses, ce qui est le comble de l'esprit. Si, par hasard, une question grave est imprudemment mise en circulation, elle est aussitôt étouffée sous les rires et les plaisanteries.

* *
*

Une chose sérieuse est sortie du dîner, c'est la Société des *Aquarellistes français*. Cela vaut mieux que d'avoir disputé sur la politique, la religion ou... sur le règlement du Salon. Aussi la Société ne songe pas à se dissoudre; les artistes sont satisfaits et Noël est joyeux.

Cette gaieté des *Rigobert* n'aurait-elle pas pour cause l'excellence des mets et la qualité des vins qui leur sont fournis ?

Les *Rigobert* ont perdu deux de leurs sociétaires Louis Leloir et Ulysse Butin.

Louis Leloir eut pour maître son père, un peintre d'histoire. Son frère, Maurice Leloir est un peintre

de genre et un aquarelliste de grand talent ; MM. Toudouze et Paul Colin sont ses cousins. On voit que
l'art est bien représenté dans la famille de Louis
Leloir.

Les œuvres et les objets d'art réunis dans son atelier qui était un véritable musée ont été vendus à
l'hôtel Drouot, le produit de cette vente a dépassé
trois cent mille francs. Leloir était à peine âgé de
quarante ans.

M. Ulysse Butin est mort à quarante-six ans. Cinq
mois auparavant il avait perdu sa femme, sa santé fut
altérée, ses amis s'inquiétèrent, mais la douleur mo-
rale avait tué le corps, le mal ne fit qu'empirer et
un dénouement fatal justifia les inquiétudes de son
entourage.

Il comptait de nombreux succès, tels que l'*Attente*,
le *Départ*, le *Cabestan*, la *Femme du marin*, l'*Enter-
rement*, le *Vœu* et *Une mise à l'eau*, etc.

Le *Figaro illustré* contient de lui un dessin d'une
page entière qui s'appelle le *Repos du marin*.

Peu de temps avant sa mort, il travaillait à une décoration très importante pour l'hôtel de ville de Saint-Quentin, sa ville natale. Le sujet était *le comte de Vermandois octroyant les franchises à la ville de Saint-Quentin.*

Chevalier de la Légion d'honneur depuis 1881 il avait été pendant douze ans professeur des écoles de la ville de Paris.

LE PARNASSE-CLUB

LE PARNASSE-CLUB

Le secrétaire de ce dîner est M. Prosper Galerne, peintre. Plusieurs membres de la *Cigale* en font partie ; ce sont : le sculpteur Thabard, les peintres Eugène Baudoin, Auguste Cot, les félibres Numa Coste et Maurice Faure. Le poète Grousset-Bellor, les graveurs Émile Vissa et Paul Vayson, le sculpteur Étienne Leroux, le graveur Léveillé, le peintre Paul Sébillot font partie de la *Pomme*. Les autres sociétaires sont Léopold et François Flameng, Léon Duvauchel, Paul Parfait, Armand Dartois.

Le dîner du Parnasse-Club a lieu tous les mois au restaurant d'Alençon, près de la gare Montparnasse.

11.

LA POMME

LA POMME

Cette association exclusivement composée de Bretons et de Normands a été fondée à Paris le 12 avril 1877, sur l'initiative de MM. Paul Sébillot, peintre, et E. Boursin, publiciste, avec le concours de MM. Etienne Leroux, sculpteur, Léonce Petit, peintre, du Cleuziou, archéologue. Onze commissaires furent élus avec pleins pouvoirs pour constituer et organiser la Société. On décida que tout Normand ou Breton ayant une profession libérale et honorablement connu dans le monde des lettres, des arts, des sciences et de l'industrie pourrait faire partie de la *Société de la Pomme* en présentant une demande à la commission et en se recommandant de deux parrains déjà sociétaires.

Comme il fallait un noyau à ce groupe, on arrêta que tous les convives ayant assisté aux deux premières réunions seraient « sociétaires fondateurs. » La cotisation annuelle fut fixée à 24 francs par sociétaire, et les membres de la *Pomme* décidèrent qu'ils se réuniraient dans un dîner une fois par mois. Ce dîner a pris le nom de *Dîner de la Pomme*.

Les commissaires ont le droit d'organiser, à côté du repas mensuel, des fêtes de bienfaisance au profit des Bretons et Normands malheureux.

Plusieurs articles des statuts ont subi quelques modifications ; ainsi la cotisation a été réduite à 12 francs au lieu de 24, et le prix du dîner a été porté de 6 francs à 7.

Le nombre des sociétaires ne peut dépasser deux cents.

*
* *

La *Pomme* n'est pas seulement artistique et littéraire, elle reçoit aussi des hommes politiques. Ses principaux membres sont, parmi les peintres : Luminais, Chaplin, Lesrel, Léonce Petit, bien connu par ses dessins représentant des scènes de campagne ; Georges Bellenger, Michel Bouquet, Paul Sébillot. Les statuaires Etienne Leroux et Legoff ; l'aquarelliste Cordier. Romanciers et journalistes : Henri de la Pommeraye, professeur au Conservatoire de musique et de déclamation ; Charles Canivet — Jean de Nivelle du *Soleil* ; — Charles Monselet, qui fait la critique des théâtres au *Monde illustré* ; Yves Guyot, ancien rédacteur en chef de feu le *Bien public* ; Louis Enault, critique d'art ; Guettier, J. Morin et Léon Angevin rédacteurs du *Télégraphe* ; Hippeau de l'*Evènement* ; Constant Guéroult, dont les lecteurs de la *Petite Presse* ont pu apprécier les qualités comme romancier ; E. de Pompéry, auteur de livres très sérieux et peu lus ; Delalande ; Charles Frémyne et Raoul Fauvel, poètes ; Baudoin ; E. Boursin le véritable fondateur de la société avec son ami Sébillot le peintre, et qui dirige une petite revue politique : le *Père Gérard*.

Le compositeur de musique, Robert Planquette, que ses succès ont rendu populaire ; les chansonniers Armand Mordret ; Aze ; le graveur Léveillé. Artistes dramatiques : Got et Maubant, de la *Comédie-Française* ; Macé-Montrouge, ex-directeur du théâtre de l'Athénée ; Gilland, ancien ténor de l'opéra.

Des arts et de la littérature passons à la science : Des médecins : MM. Théophile Anger, chirurgien des hôpitaux ; Benjamin Anger, agrégé à la Faculté de médecine ; Bourneville ; Bochefontaine ; Richelot ; Gardin ; Paul Collin ; Barré ; Naudin, chimiste.

Les généraux Lecointe, ex-gouverneur de Paris, et Lucas commandant à La Rochelle ; M. Foulon, commandant au 68º de ligne ; le lieutenant Richomme du 75º de ligne ; le capitaine Gambier des pompiers de Paris.

Hommes politiques. MM. Jules Simon et de Mar-

cère, anciens ministres ; Berthaud et Labiche, sénateurs ; Laisant, directeur de la *République radicale ;*
La Vieille ; Hémon ; Corentin Guyho ; Armez ; le
comte de Lariboisière.

Edmond Henry, Even, députés ; Lebastard, sénateur, maire de Rennes ; Riotteau, député, maire de
Granville ; Bizet, maire des Andelys ; Caurant, député de Châteaulin.

Liard, recteur de l'Académie de Caen ; Selmours
Gallot conseiller à la cour d'Angers ; Houguet premier président de la cour de Caen.

Waldeck-Rousseau, ministre de l'intérieur ; Pou-
belle, préfet de la Seine et Camescasse, préfet de
police.

Des gros bonnets du ministère des finances :
MM. Piédoye, Typhaigue, Hercouët frères, etc.

Une réunion qui compte beaucoup de Normands
doit posséder des avocats et au moins un avoué. Ce
dernier est M. Laisney, un Bayeusain ; les avocats
sont MM. Albert Lecointe Dayot, et Adolphe

Godey, avocat au conseil d'État et à la Cour de cas-
sation.

*
* *

En 1878, la *Pomme* fit une excursion en Normandie, et des fêtes eurent lieu à Caen en son honneur.
En même temps, un concours poétique avait été ou-
vert ; non seulement les *pommiers,* mais les Bretons
et les Normands étaient appelés à concourir. Une
médaille d'or devait être accordée à l'auteur de la
pièce de vers, *ode* ou *chanson,* de cent vers au plus
consacrée à l'éloge de la *pomme* et du *pommier.* Pour le
deuxième concours, il y avait deux médailles d'argent,
l'une attribuée aux Bretons pour le meilleur *Éloge
de Chateaubriand,* l'autre destinée aux Normands
pour le meilleur *Eloge de Malherbe.* — Stances ou
sonnet.

Le jury se composait de MM. Charles Monselet,
président ; Edouard de Pompéry, Louis Enault,
Charles Frémyne, Julien Travers, professeur hono-

raire de la Faculté des lettres, bibliothécaire de la
ville de Caen, et Gasté, professeur de rhétorique au
lycée de Caen.

Plusieurs *cigaliers* avaient été conviés à cette fête.
M. Maxime Faure, secrétaire de la *Cigale*, lut la
pièce de vers suivante :

La *Pomme* a dit à la *Cigale*
Viens à Caen dîner avec moi :
Ma table n'est pas trop frugale,
Je suis gourmande comme toi,
On s'amuse aux rives de l'Orne,
Sans qu'on y danse le cancan.
L'esprit normand n'a rien de morne,
Les cigaliers s'en vont à Caen !

Viens, la chanteuse provençale,
Avec moi sous mon ciel brumeux,
Viens voir au plafond de la salle,
Jaillir le bon cidre écumeux,
Le cidre est la gaîté de l'homme.
Qu'il vienne d'Auge ou de Fécamp,

Viens, *Cigale*, sœur de la *Pomme*,
Les cigaliers s'en vont à Caen !

Viens, comme toi je suis poète,
J'ai conçu d'illustres enfants,
Et pour tout siècle nouveau, répète
Leurs noms en échos triomphants,
Leur force à leur grâce est pareille,
J'ai la colline et le volcan,
Saluez Malherbe et Corneille .
Les cigaliers s'en vont à Caen !

Viens, je n'ai pas la Vénus d'Arle,
La brune au regard plein d'éclairs
Dans le silence même parle,
Mais j'ai les blondes aux yeux clairs :
On les voit passer sous les treilles
Aux labeurs utiles vaquant,
Avec un murmure d'abeilles...
Les cigaliers s'en vont à Caen !

Ces vers ont pour auteur M. Henri de Bornier.

*
* *

L'année suivante les assises poétiques de *la Pomme* se tinrent à Rennes, puis à Fécamp, puis aux Andelys pour fêter le Poussin, puis à Nantes.

Cette année 1884 la distribution des récompenses aura lieu à Granville dans le courant du mois d'août.

Ces excursions des Normands et Bretons parisiens sont très populaires dans les deux provinces et tous les départements voisins accourent aux fêtes de la Pomme.

On voit que la *Pomme* n'est pas absolument une réunion dont les membres se voient autour d'une table une fois par mois, mais une association possédant une caisse, grâce à une cotisation annuelle, aidant les sociétaires dans la gêne, et organisant des concours littéraires.

Dans leurs dîners mensuels, les *Pommiers* n'oublient point de faire figurer sur la carte les produits de la Bretagne et de la Normandie. Voici le menu d'un de ces repas :

Printanière, croûte au pot. — Beurres d'Isigny et de Bretagne. — Tripes à la mode de Caen. — Filets de sole à la Normande. — Bœuf braisé bretonne. — Poularde de Normandie.

Bombe glacée. — Beignets de Pommes. — Desserts. — Café. — Cognac. — Vieille eau-de-vie de cidre. — Liqueurs. — Mâcon, Pomard vieux, cidre e la vallée d'Auge.

A chaque dîner assistent quarante à cinquante convives. Voici enfin, pour l'année 1884, la composition de la commission de *la Pomme* élue chaque année en assemblée générale :

M. E. BOURSIN, publicise, président.

MM. LAISANT, député ; docteur LE MAGUET, ancien député ; Ch. MONSELET, homme de lettres ; Paul NICOLE, Paul SÉBIL-LOT, présidents honoraires.

MM. ARMEZ, député ; BOUQUET (Michel) et CASSAGNE, peintres ; CAURANT, député ; DURANT (Émile), compositeur de Musique ; Louis Hémon et Ed. Henry, députés ; LE BASTARD, sénateur ; Ch. LENGLIER, proviseur du Lycée Charlemagne ; Et. LEROUX, statuaire ; WALDECK-ROUSSEAU, député ; ministre de l'Intérieur.

M. RAOUL FOURNIER, Archiviste.

M. A. MONSELET, Secrétaire ;

LE POT-DE-FEU

LE POT-DE-FEU

Parmi les dîners artistiques si nombreux, nous citerons le *Pot-de-feu*, fondé le jeudi 29 décembre 1881. Il a pour président Mme Judith Gautier, fille de l'illustre écrivain. Mme Gautier est elle-même un écrivain de grande valeur, son instruction est très développée, et le *Pot-de-feu* en la choisissant comme présidente, a rendu tout à la fois hommage à la beauté et au talent.

Les autres dîneurs sont : MM. Henry Cochin, qui porte dignement un nom doublement célèbre sous le rapport de la charité et de la littérature ; Émile Blémond, un poète ; Ernest d'Hervilly, encore un ciseleur de vers ; Adolphe Racot, qui fait au *Figaro* la

Revue de la presse, signe à la *Gazette de France* ses chroniques du pseudonyme de Dangeau, et trouve encore le moyen d'écrire des romans fort intéressants.

Les frères Charavay, éditeurs de beaux livres, sont des habitués fidèles du dîner. L'aîné, Étienne, est toujours à la piste d'autographes et les catalogues de ces lettres réunies avec tant de peine sont des plus curieux. M. Robert de Bonnières est un gentilhomme de lettres, il a écrit au *Figaro* sous le nom de Janus. Il signe au *Gaulois* du pseudonyme R. Estienne. M. Fernand Calmettes est chargé de la direction artistique de la librairie Charavay ; M. Anatole France, un poète doublé d'un romancier, en est le directeur littéraire.

M. Léon Barracand a publié quelques volumes de vers signés d'un pseudonyme : Léon Grandet ; M. Adolphe Badin, rédacteur de la *Nouvelle Revue* que dirige une femme charmante, Mme Edmond Adam ; MM. Alfred Bonsergent, Florentin Loriot,

Jules Guiffrey. M. Guiffrey est un écrivain amateur
et un amateur de livres rares. M. Marius Vachon
critique d'art, secrétaire de la rédaction du journa:
la France, a publié des notices et des ouvrages
fort intéressants. Ses articles sont très remarqués.
M. Henri Welschinger ; Gilbert-Augustin Thierry,
qui suit le chemin si brillamment tracé par son père
et son oncle, les deux éminents écrivains qui ont
publié des travaux si remarquables sur la Gaule et la
France.

M. Arthur Pougin s'occupe de critique musicale,
de même que M. Adolphe Jullien ; MM. Boulard
fils, aquafortiste ; Arsène et James Darmesteter,
Georges Renard, Frédéric Régamey, qui a gravé à
l'eau forte le beau portrait de La Fontaine, placé en
tête de l'édition des Fables ; Paul Hervieu, qui a
publié les Maximes de La Rochefoucault, Clermont-
Ganneau, Frédéric Masson, Maurice Tourneux.

Tous les noms des dîneurs sont connus et, si
Mme Judith Gauthier préside une assemblée peu

12.

nombreuse, le nombre est largement compensé par la valeur individuelle des sociétaires du *Pot-de-feu*.

Le dîner est nomade. Son secrétaire est M. Hervieu. Les cartes de convocation sont ornées d'un dessin fort original représentant le motif architectural qui a donné son nom à la Société. Ce motif est entouré d'autres ornements, rappelant la cuisine. On cherchait une dénomination quelconque : il fallait bien se grouper autour d'un titre. Chaque dîneur cherchait, mais aucun ne trouvait rien de convenable. L'un d'eux aperçut, au dessus de la devanture de la librairie Charavay, un pot-de-feu. Le dîner avait une existence légale.

LE

DINER DES PARISIENS

LE DINER DES PARISIENS

Pendant l'été de 1880, les pêcheurs à la ligne, les canotiers, les promeneurs nombreux se livrant à la chasse du goujon, au maniement de l'aviron ou simplement à la flânerie, purent remarquer une société des plus gaies, composée d'hommes jennes, ou dans la force de l'âge. Il y avait des têtes échevelées à côté d'autres complètement dénudées et luisantes comme des billes d'ivoire ; les barbes longues et touffues alternaient avec les joues à peine couvertes de poils follets. Quand la troupe joyeuse s'approchait trop près de la rive, elle épouvantait les poissons, et mettait hors d'eux les citoyens pacifiques assis sur la berge, surveillant leurs lignes, et attendant patiemment qu'un habitant de l'onde vint mordre l'asticot tentateur.

Sans s'occuper de l'émotion qu'elle causait, la bande continuait sa course et, finalement, allait s'échouer dans un restaurant du voisinage. Il y avait d'abord un silence causé par la nécessité de satisfaire l'estomac ; puis, peu à peu, les conversations vives et animées reprenaient ; on chantait, et si un piano se trouvait dans l'établissement, c'était une orgie de notes à mettre en fureur tous les chiens du pays. Les naturels de la contrée, depuis Charenton-le-Pont jusqu'à l'île de Beauté, disaient : « Ce sont des artistes qui s'amusent. » En effet, c'était la *Société des Parisiens* qui passait.

Il y avait là le peintre céramiste Gustave Noël ; Brimont, artiste de l'Odéon ; le musicien Chantagne — il faut de l'harmonie dans toutes les réunions ; — le chansonnier Edouard Doyen, auteur de la célèbre chanson *V'là c'que c'est, c'est bien fait, fallait pas qu'y aille* ! Quand on débitait ce refrain aux

pêcheurs qui revenaient bredouille, ces braves gens
se fâchaient tout rouges. Henri Saintin, un paysagiste
qui avait au Salon de 1880 une belle toile : la *Ferme
de Courtry* ; le portraitiste Valadon ; Albert Lefeu-
ve : Félix Franck ; le sculpteur Gustave Debrie ;
Charles Delacour et Ludovic Darthies, journalistes.
Félix Barrias, élève de Léon Coignet ; Sauzay ; le
poète Georges Nardin, qui mettait en vers les com-
mandements du pêcheur à la ligne et les débitait gra-
vement à ces chevaliers de l'asticot. Il agissait de
même avec la carte du restaurateur. Alfred Sonnet,
Ségé, puis les deux fondateurs du dîner, Jean Desbrosses et Léon Duvauchel. Ce dernier est poète ;
— ce n'est peut-être pas de sa faute — Desbrosses
est un élève du célèbre paysagiste Chintreuil.

C'est à son initiative que Chintreuil doit d'avoir
un monument sur une des places publiques de Pont-
de-Vaux. La commune, le département, le ministère
des beaux-arts concoururent à la réalisation de cette
idée, et l'édifice fut inauguré en 1879 avec beaucoup

d'éclat. Si Desbrosses n'avait pas voulu être peintre, il eût fait un cuisinier remarquable. Pendant les jours de lutte et de misère, il s'était ingénié à la fabrication des plats économiques, et Chintreuil trouvait délicieuses ces préparations culinaires d'où le beurre et la viande étaient bannis, et pour cause. Mais il y avait du laurier partout : dans les choux à l'eau, les pommes de terre et autres végétaux qui fournissaient la partie importante de la nourriture des deux artistes.

Pour faire partie des *Parisiens*, il faut être né à Paris. L'hiver, la tribu quitte les rives de la Marne pour le boulevard et tient ses séances chez Brébant.

A un des dîners, M. Doyen accompagné par M. Marc Chantagne improvisa la chansonnette suivante en l'honneur des *Parisiens de Paris* :

AUX FILS DE L'ANTIQUE LUTÈCE.

Puisque l'amitié fidèle
Nous réunit dans ce banquet,

Sachons nous rendre digne d'elle,

A l'ennui poussons le loquet.

Laissons la politique austère

A ceux qui n'y comprennent rien,

Et gaiement vivons sur la terre

En véritable épicurien.

REFRAIN

Sans nul souci du lendemain,

D'ici bannissant la tristesse.

Amis, buvons jusqu'à demain

Aux fils de l'antique Lutèce.

Dans une alliance complète

Ayons, pour former le faisceau,

Les compagnons de la palette,

De l'harmonie et du ciseau,

Critiques dont l'esprit pétille,

Zolistes et parnassiens ;

Ils sont de la même famille

Du moment qu'ils sont Parisiens.

Sans, etc.

13

Aimons Paris, car, d'âge en âge,

Des arts il fut le grand berceau ;

Pour braver le vent et l'orage

Groupons-nous tous sur son vaisseau.

Fi des jaloux ! laissons-les faire,

Et marchons vers le but tenté

Dans son enivrante atmosphère

De génie et de liberté.

Sans, etc.

Si l'on a applaudi, nous le laissons à penser.

LE NÉNUPHAR

LE NÉNUPHAR

Ce titre a un parfum de chasteté ; mais la société qui s'en était parée n'avait nullement la prétention de le justifier d'une façon trop absolue.

Le *Nénuphar* eut pour président le libraire Taride et tint ses séances dans le local d'un marchand de vins, au coin des rues de Vaugirard et Monsieur-le-Prince. Ses principaux membres étaient l'éditeur Lacroix, son confrère Lucien Marpon, qui tout en vendant ses livres, suivait avec soin les courses de tous les hippodromes de France. Marpon l'homme le plus connu du quartier latin, savait le nom, l'âge des chevaux célèbres et n'ignorait aucun des détails de l'existence de ces quadrupèdes.

M. Louis Jacolliot, qui a publié ses voyages dans
l'Inde, les peintres Alfred Moullion et Feyen-Perrin
étaient des fidèles du dîner. Armand Silvestre un
écrivain de talent et un poète délicat ; Georges Duval, Paul d'Orcières, Emile Dehaut, Camille Etié-
vant, qui tous les quatre faisaient partie de la rédaction de *l'Événement;* M. Armand Roux, rédacteur
du *Voltaire,* directeur d'une petite Revue où il traite
spécialement les questions de musique et de théâtre,
représentaient le journalisme. M. Étiévant a passé de
l'Événement au *Voltaire* et de ce dernier journal au
Siècle, où il remplit les fonctions de secrétaire de la
rédaction. M. Roux est, nous l'avons dit déjà, le mari
d'une artiste de grand talent, Mme Brunet-Lafleur.

M. Villain, des Français, Camille Flammarion,
qui s'occupe d'astronomie et raconte à ses nombreux
lecteurs ce qui se passe dans la planète Mars et les
tient au courant des habitudes des indigènes de Sa-
turne ; Fischer, le cithariste, complétaient ou à peu
près, la société. Fischer était d'une force étonnante

sur la cithare. N'oublions pas le secrétaire du dîner,
un marchand de vins qu'on appelait de son petit nom,
Félix.

Outre la musique, on chantait, on récitait des
vers, quelquefois on abusait de la poésie. Le *Nénu-*
phar, après avoir quitté la rue de Vaugirard, se
transporta chez Brébant, puis chez Désiré Baurain ;
chez Noël, au passage des Princes ; enfin, à Bercy
au restaurant des Marronniers. Ce fut la dernière
station de la trop vagabonde société qui finit par se
dissoudre après une existence courte et joyeuse. Les
Marronniers sont également passés à l'état de souvenir ; Bercy a perdu son ancienne physionomie, ses
restaurants ont disparu ; les employés de l'octroi
n'entendent plus les rires, les chants mêlés aux
bruits de la vaisselle ; ils ne voient plus de minois
chiffonnés se montrer aux fenêtres. Cette distraction
leur a été enlevée et leur existence est devenue d'une
désespérante monotonie.

L'ALOUETTE

L'ALOUETTE

Un des trois fondateurs de la Société de la Cigale avait voulu en faire un groupe politique. Battu sur ce terrain, M. Xavier de Ricard créa une autre association, l'*Alouette*, dont il fut naturellement le président.

L'*Alouette* eut, dès sa naissance, des ailes d'une envergure gigantesque, car ce charmant oiseau couvrait de ses plumes la grande idée de la fédération des peuples latins. Roumains, Espagnols, Portugais, Italiens, Suisses romans, Grecs, eurent des représentants plus ou moins autorisés au premier banquet, qui eut lieu le 26 mai 1878.

A cette date, l'harmonie la plus parfaite était loin

de régner entre l'*Alouette* et la *Société d'Alliance latine*. Cette dernière avait organisé à Montpellier des fêtes qui durèrent du 22 au 29 mai 1878 et aucune invitation n'avait été adressée à l'*Alouette ;* ce dont elle se montra froissée, tout en affectant l'indifférence la plus parfaite.

L'*Alouette* ne s'occupe pas, disent les statuts, de politique, elle n'a que des *tendances républicaines* en Espagne, en Portugal et dans les autres pays qui ont un gouvernement monarchique.

Or, au banquet du 26 mai 1878, la salle était ornée d'un buste de la République, les écussons de la Grèce et de la Roumanie recouverts d'un crêpe noir attestant leurs souffrances, M. de Ricard avait la présidence effective et M. Victor Hugo la présidence honoraire de la réunion. Après avoir prononcé le discours d'ouverture, M. de Ricard lut une lettre de l'auteur de *Notre-Dame-de-Paris*. Voici cette missive :

Paris, 19 mai 1878.

Mes chers confrères,

Mes devoirs publics me retiennent à Paris ; je serais heureux, vous n'en doutez pas, d'être au milieu de vous. Je suis votre frère, et vous voulez bien, c'est le privilège de mon âge, m'accepter comme frère aîné. L'union de tous les talents et de tous les esprits, c'est le rayonnement même de la civilisation. Je bois à l'alliance des Races latines ; je bois à l'alliance de tous les peuples !

Votre ami,

VICTOR HUGO.

M. Emilio Castelar et Py y Margal, les anciens chefs de la République espagnole, adressèrent aussi des épîtres au président de l'*Alouette*. Ces deux hommes, sous le gouvernement desquels l'Espagne avait failli s'effondrer, regrettaient de ne pouvoir assister au banquet, retenus par des devoirs patriotiques.

Il fallait s'occuper d'Alphonse XII, tâcher de le renverser afin que la Biscaye, carliste, se soulevât de nouveau, que la Commune s'établit dans les villes du

Midi, que Cuba reprit les armes. Les noms de ces deux loustics étaient encadrés d'autres un peu moins connus, mais tout à fait désireux de se faire connaître.

Un député italien, M. Mauro-Macchi, terminait ainsi sa lettre :

Avec la formation de l'*Alliance Latine*, les grands États actuels perdront certainement de leur importance. Et ce sera tant mieux ! car les grands États ne sont bons qu'aux grands despotes. Nous devons revenir à l'indépendance des anciennes communes.

On voit qu'on ne s'occupait pas de politique. Un Suisse, M. Croizier, envoya de Vaud, son adhésion et ses regrets de ne pouvoir se rendre à Montpellier. M. Viollet-Leduc, conseiller municipal de Paris, écrivait :

Ayant toute ma vie essayé de rendre, dans la mesure de mes forces, au faisceau des Races latines la cohésion qui leur manque : doués comme ils le sont, les pays latins pourraient,

s'ils osaient s'affranchir de la domination cléricale, reprendre
le rang que leur génie devrait leur assurer dans le monde.

VIOLLET-LEDUC.

Paris, 18 mai 1878.

Un félibre, M. Félix Gras, finissait son toast en
s'écriant :

Patriotes, je bois au jour où nous dirons : il y avait mille
juges, maintenant il n'y a qu'une justice ! Il y avait mille men-
songes, maintenant il n'y a qu'une vérité ! Il y avait mille rois,
maintenant il n'y a qu'un peuple !

M. Alban Germain porta un toast très court :

Je bois à l'esprit libéral de cette réunion !
A l'esprit anticlérical du Languedoc !
A l'esprit révolutionnaire de la France !
A l'esprit fédéraliste des races Latines !

M. Auguste Fourès lut une pièce de vers ayant
pour titre, la *Marianne latine*. M. P. Verniaire qui
disait représenter les Baléares, affirma qu'à Major-
que il existait une population antipapiste et libérale

et qu'il était l'interprète — sans mandat — des libres penseurs majorquins.

Nous ne citons qu'une très petite partie des noms des toasteurs et des auteurs d'épîtres. On voit par les courts extraits que nous reproduisons comment la société de l'*Alouette* ne s'occupe pas de politique. Si elle s'en occupait ! cela fait trembler rien que d'y penser.

M. Victor Hugo parlait à un de ses familiers de l'*Alouette* et lui demandait des renseignements sur la société.

— Je crois me rappeler, dit le grand poète, pour expliquer sa question, que j'ai reçu une lettre d'un méridional dont j'ai oublié le nom, il me semble bien avoir accepté la présidence honoraire d'un banquet dit de l'*Alouette.*

Cet oubli n'est pas flatteur pour M. de Ricard et ses amis, mais M. Victor Hugo écrit tant.

LA CHASSE ILLUSTRÉE

LA CHASSE ILLUSTRÉE

Fondé en 1874, ce dîner a lieu tous les premiers mercredis du mois au café Riche. Là, dans un salon se réunissent les rédacteurs, les dessinateurs et les graveurs du journal dont le dîner a pris le nom. Les voyageurs qui ont visité quelques parties peu connues du globe, et subi les chaleurs des tropiques ou les froids des pôles, sont bien reçus dans cette réunion Après avoir entendu conter les ruses des lièvres, les finesses des chiens, on écoute avec plaisir les récits des luttes contre les tigres, les lions, les crocodiles, les ours blancs.

Quelquefois le conteur y met un peu du sien, exagérant les dangers qu'il a courus et les fatigues qu'il a supportées, mais on passe sur ces détails pourvu que le narrateur ait de l'esprit, ce qui arrive toujours. Dans ces conditions, on le voit, les dîners de la *Chasse* sont très intéressants parce que, chaque fois, un hôte nouveau, arrivant d'un point quelconque du globe y assiste et narre ses exploits.

La réunion est présidée par M. Alfred Didot, un chasseur passionné ; puis autour de la table, on voit, M. Ernest Bellecroix, rédacteur en chef de la *Chasse illustrée*, écrivain et dessinateur de talent ; M. Florian Pharaon, un journaliste très connu et un excellent confrère ; M. Bodmer, dessinateur, dont la réputation est parfaitement méritée ; M. le marquis de Cherville qui écrit au *Temps*, à l'*Illustration*, au *Derby* ; M. d'Amezeuil ; M. Méaulle, graveur ; M. le comte de la Panouze ; M. le colonel du Housset, célèbre par ses voyages ; M. le comte de Semelé qui ne se sépare jamais d'un morceau de chair qui a fait partie intégrante d'un nègre de l'A-frique équatoriale : c'est un souvenir qu'il conserve précieusement et montre sans émotion. Il a fait de ce débris une blague à tabac. M. Jullemer, un écrivain qui connaît à fond, les questions cynégétiques ; M. de Villiers ; M. Rive, dessinateur ; M. Le Duc et beaucoup d'autres assistent à ce dîner qui est toujours fort gai et où l'on n'est pas exposé à entendre réciter des alexandrins.

LA SOUPE AUX CHOUX

LA SOUPE AUX CHOUX

La *Cigale*, après avoir envahi tout le midi de la France, depuis Nice jusqu'à Bayonne, remontait lentement vers le nord, s'annexant tous les poètes, les artistes, les littérateurs nés dans le Lyonnais, l'Auvergne, le Limousin, sous le prétexte de *langue d'oc*. Les Auvergnats ont voulu former un groupe à part et prouver que leur pays ne produit pas seulement des porteurs d'eau sans pareils, des frotteurs incomparables, des commissionnaires impeccables ; mais aussi des hommes d'État, des écrivains, des peintres, des sculpteurs. Il faut que la fameuse plaisanterie du soulier ferré trouvé dans une marmite : *cha n'est pas que cha choit chale mais cha lient de la plache* cesse de faire la joie des aspirants à l'esprit.

14

Donc, des descendants des Arvernes se sont réunis pour organiser une société, leur appel a été entendu et le dîner de la *Soupe aux choux* a été créé.

C'est le 1ᵉʳ juillet 1880 qu'a eu lieu la première
réunion dans la grande salle du restaurant Notta. Les
convives étaient nombreux, naturellement beaucoup,
parmi ces soixante Auvergnats, avaient conservé l'accent du pays, ce qui donnait à la petite fête un
charme de plus, un parfum de terroir qui faisait plaisir. Presque tous les convives assistant à ce premier
repas se sont fait un nom dans les arts, la science
ou la politique.

On remarquait d'abord M. Richard du Cantal,
un des doyens de la presse agricole, ancien représentant en 1848. M. Richard du Cantal, par ses écrits
et son exemple, a rendu les plus grands services à
l'agriculture ; MM. de la Foulhouse, Franc Lamy,
Dupérelle, Chaly, de Vergèses, Batifaud, Charbon-
nel, peintres de talent. M. de la Foulhouse fut un
des membres du *Pluvier*, dîner fondé par Philibert

Audebrand. Des sculpteurs : MM. Coulon, Monbur et Mouly ; M. Félix Ribeyre, ancien rédacteur de la *France* et du *Constitutionnel*, secrétaire de la rédaction du *Pays ;* M. Gabriel Marc, un poète.

La corporation des avoués était représentée par M. Tourette ; l'ordre des avocats, par MM. de Nevrezé, Colombier, Tourraud et Tourseillier. Un étudiant, M. Georges Tallon ; M. Vauzy, conseiller général de la Seine ; M. Melchissédech, de l'opéra, M. Gil-Naza, de l'Ambigu, qui a si bien représenté le type de *Mes Bottes*, dans *L'Assommoir.*

Des médecins, MM. les docteurs Agulhon de Sarran, Chalvon, Delarue ; MM. de Lamolinière, Perdrix, Maison, Sudre, Gerle, Faucon, Gallice, de Lescure, Faugières, Louis Bois, de Chalambel, Cusson, Pardoux ; M. Mage, ancien auditeur au conseil d'État ; MM. Ferdinand Dumay, A. de Taillandier et Francisque de Taillandier, chefs de bureau ; M. Saint-Joanny, archiviste de la Seine ; M. Altaroche, ancien préfet du Puy-de-Dôme en 1848, directeur de l'Odéon sous l'empire. Mort en mai 1884. Il était gérant du *Charivari*.

Les sénateurs auvergnats, MM. Edmond de Lafayette, Salneuve et Guyot-Lavaline ; les députés, MM. Alfred Tallon, Costes et Duchasseint.

MM. de Parieu et Berthauld, sénateurs ; M. Bardoux, ancien ministre, député ; M. Honoré Roux, député ; M. Amable Burin des Rosiers, conseiller général ; MM. Bouquet de la Grye-Chalus, Marange, M. Bergeron s'étaient fait excuser de ne pouvoir assister à ce premier dîner dont nous donnons le menu :

POTAGE

SOUPE AUX CHOUX.

HORS D'ŒUVRE

Variés.

RELEVÉ

Saumon sauce Limagne

ENTRÉE

Culotte de bœuf de Salers.

RÔTI

Gigot aux pommes brayaudes

SALADE

De saison.

LÉGUMES

Petits pois, haricots verts.

ENTREMET

Puy-de-Dôme glacé.

DESSERT

Fromage de Pontgibaud, fruits d'Auvergne.

VINS

Chanturgne, beaune vieux.

Café, Liqueurs, Fine champagne, Bénédictine,

Chartreuse, etc.

Ce menu était illustré d'un dessin de M. Franc
Lamy.

*
* *

Naturellement, un repas qui doit être le point de
départ de beaucoup d'autres ne peut se terminer sans
discours. Il y eut donc des discours à la *Soupe aux*

14.

choux. D'abord M. Saint-Joanny parla de la Société
et des motifs qui avaient amené sa fondation. M. Richard, du Cantal, prononça aussi un discours qui fut
énergiquement applaudi. On but à Lafayette, à l'Auvergne. M. Edmond de Lafayette prit aussi la parole
et M. Gabriel Marc, en sa qualité de poète, dit les
vers suivants :

> Je bois à mon pays natal ; aux monts superbes,
> Aux pays couverts de neige, aux gazons verdoyants :
> Aux coteaux où fleurit la vigne ; aux bois riants ;
> A la blonde Limagne où s'entassent les gerbes.
>
> Je bois à l'Arvernie, à ce vieux sol gaulois,
> Où Vercingétorix vit fuir l'aigle romaine ;
> D'où s'élança Delzons, le fougueux capitaine,
> Et d'où partit Desaix, pour de lointains exploits ;
>
> Aux vallons des premiers amours, où croît le vergne ;
> A la claire Jordanne, à la Dore, à l'Allier ;
> A nos frères absents qu'on ne peut oublier.
> Je bois au Puy-de-Dôme, au Cantal, à l'Auvergne !

Les verres furent vidés et remplis. M. de la Foulhouse, qui est aussi un poète délicat, chanta une chanson, *Mon cœur porte peine*, dont il est l'auteur. Cette poésie se chante sur un vieil air du pays. M. Chaly égréna ses notes en patois à la grande joie de l'assistance qui répétait le refrain avec lui et M. Dupérelle débita avec entrain la charge locale des raccommodeurs de chaudron.

Pour les futurs dîners on nomma, sur la proposition de M. Saint-Joanny, six organisateurs, MM. Gabriel Marc, Mouly, de Vergèses, Monbur, Lamy et l'auteur de la proposition. A ces six commissaires on adjoignit M. Melchissédech. Cette constitution n'était que provisoire et pouvait, par conséquent, être modifiée.

*
* *

On voit que, comme célébrité, le dîner de la *Soupe aux choux* tient bien sa place parmi les repas artistiques. La patrie de Sylvestre II, de Blaise Pascal et de tant d'autres illustrations n'a point voulu laisser absorber ses gloires. Nous émettrons un regret, c'est que les noms de M. Rouher, ancien ministre de Napoléon III ; de M. A. Grenier, rédacteur en chef du *Constitutionnel*, un des écrivains les plus corrects de l'époque, un lettré fin et délicat ; de M. Tullon, un jeune peintre plein d'avenir, et quelques autres que nous pourrions citer ne figurent point parmi les membres de la *Soupe aux choux*. Cependant M. Gustave Saint-Joanny a affirmé dans son discours que la politique serait exclue de la société.

Peut-être n'est-ce qu'un oubli.

LE DINER CELTIQUE

LE DINER CELTIQUE

Le dîner celtique a été fondé en 1878 ; il se com-
pose de Bretons bretonnants, de Bretons gallots et
aussi d'écrivains s'étant occupés de la langue et de
la littérature celtique ; parfois aussi on y a vu des
Gallois, des Irlandais et des Écossais résidant à Paris
ou s'y trouvant au moment du dîner qui a lieu tous
les mois, sauf de juillet à novembre.

Les principaux membres du dîner sont MM. Re-
nan, auquel tout naturellement la présidence a été
donnée ; Henri Gaidoz, directeur de la *Revue celtique* ; Bertrand, directeur du musée de Saint-Germain ;
A. de Barthélemy, l'archéologue bien connu ; Arthur
Rhôné, le peintre ; Paul Sébillot, qui est aussi un

littérateur distingué : il a publié les *Contes populaires de la Haute-Bretagne;* Eugène Rolland, auteur de la *Faune populaire de la France* ; Loth, professeur au collège Rollin ; Quellien, qui a écrit un volume de poésies en breton intitulé *Annaïk* ; F.-M. Luzel, l'auteur des *Veillées bretonnes*, etc., etc.

Au dessert, on cause des littératures celtiques, des souvenirs locaux ; parfois on y récite des vers en langue bretonne, et plusieurs fois on y a mangé des crêpes bretonnes envoyées spécialement par les amis de dîneurs résidant en Bretagne.

THE

PEN AND PENCIL CLUB

THE PEN AND PENCIL CLUB

Ce cercle, fondé il y a peu de temps, est, ainsi que l'indique son titre anglais, composé d'artistes, de littérateurs et de journalistes de la Grande-Bretagne et des États-Unis. Ses membres se réunissent deux fois par mois autour d'une table plantureusement servie, au restaurant Darras, au coin des rues Royale et Saint–Honoré.

Le menu est excellent, les convives sont très gais ; l'esprit et l'humeur anglo-saxon ont là leurs coudées franches et les conversations sont fort animées.

Les peintres faisant partie du cercle sont : MM. Bridgmann, un Américain, qui a exposé en 1883, la *Cigale ;* Héaton, un élève de Cabanel et Bonnat, également citoyen des États-Unis ; Henri Bacon, encore un Américain, dont on remarque deux toiles : le *Pleinairiste* et *En Normandie ;* Ridgway Knight, élève de Meissonier, né à Philadelphie ; Henry Mosler, compatriote de ceux que nous venons de citer. Une des œuvres de M. Mosler a été acheté par l'État et se trouve au Luxembourg.

Parmi les journalistes et les littérateurs : M. O'-Gallighan, rédacteur en chef du *Gallignani's Messenger*, journal anglais publié à Paris. M. Gallighan a été longtemps le correspondant parisien du journal le *Manchester Guardian.* Il a la manie des calembours et la passion des à peu près développées à un degré lamentable. M. Whitewy; M. Longhurst, correspondant du *Pall Mall Gazette* et de la *Saturday Review ;* MM. Child, Jonathan, Boyney, Melzer et le savant docteur John Chopman. Quelques-uns de ces écrivains sont aussi des artistes de talent.

A chaque dîner sont toujours plusieurs invités appartenant à l'art, à la littérature et à l'armée. Ces invités paient leur écot par des récits de voyages ou d'imagination. Le colonel Chaillé-Long, l'explorateur de l'Afrique centrale ; M. Jackson, l'intrépide correspondant du *New-York Herald*, qui a traversé la Sibérie pour aller à la recherche des survivants du naufrage de la *Jeannette*, le vaisseau que M. Gordon Bennet avait envoyé au pôle Nord ; M. Brett Harte romancier et poète américain, ont assisté comme invités aux dîners du cercle de la Plume et du Crayon.

Mais il faut au chef des cuisines du restaurant Darras, une habileté incontestable pour que ses sauces puissent résister sans tourner immédiatement, aux jeux de mots abominables que M. O'Gallighan lance au milieu des conversations les plus sérieuses.

LE BON BOCK

LE BON BOCK

Quand une pièce arrive à sa centième représentation, on dit et avec raison que c'est succès ; à notre
avis, il doit en être de même d'un dîner. Or le deuxième mardi du mois de mars 1884, le Bon Bock en
était à sa neuvième année d'existence et à son cent-
huitième diner.

Après des pérégrinations assez fantaisistes, le dîner
qui n'avait trouvé que des locaux trop étroits vu le
nombre toujours croissant de ses membres, finit par
se transporter à La Chapelle, dans une petite rue
renfermant un grand établissement ayant pour enseigne : aux Vendanges de Bourgogne.

Dans ce restaurant les salons sont immenses, on

15.

peut mettre aux tables des rallonges, aussi les repas de corps, les banquets y sont-ils à leur aise et les danseurs peuvent s'y livrer aux ébats les plus échevelés.

Quoique le restaurant des Vendanges de Bourgogne renferme des salons très vastes, si la fantaisie prenait aux membres du dîner du Bon Bock de se réunir tous le même jour, ils ne pourraient arriver à se caser. M. Belot est un des fondateurs du dîner, Etienne Carjat a été un de ses premiers membres ainsi que Le Guillois, le joyeux marquis Le Guillois, du *Hanneton*, journal des toqués et autres feuilles aussi gaies ; parmi les autres sociétaires, on remarque Georges Charpentier et ses confrères Dentu et Ludovic Baschet, Adrien Dézamy, un poète de talent ; Henri du Cleuziou, critique d'art ; Gaulet, dont nous ne voulons pas rappeler à la mémoire le défaut capital signalé déjà dans le dîner des *Têtes de Bois*, A. Ducros, un poète dont les délicats apprécient la valeur.

Nous dirons, au risque d'être indiscret, que Mari-
gnan d'Aubord, qui a signé la *Gazette rimée* au *Grand
Journal* et Alexandre Ducros sont une seule person-
nalité. M. Léon Parvillé, un céramiste dont le nom
est aussi connu, le talent aussi apprécié sur les rives
du Bosphore qu'aux bords de la Seine. M. Parvillé
a orné le palais du sultan de véritables merveilles ; le
musicien Ben-Tayoux ; Melchissédech, de l'Opéra ;
Le Reboullet, rédacteur du *Temps ;* le poète Ba-
zouge ; Marc de Montifaud. L'écrivain qui signe ses
œuvres de ce pseudonyme est Mme Quivogne ; presque tous ses livres ont été saisis ou poursuivis pour
cause d'immoralité. Mme de Montifaud est un des
chefs de l'école dite pornographique. Alfred de
Caston ; les deux frères Marpon, Lucien et Charles,
les libraires si connus des étudiants ; docteur Bré-
mont ; docteur Dupré ; Schaunn, le Schaunard de la
Vie de Bohême ; l'architecte Charles Garnier ; le
chanteur Boudouresque ; les peintres Feyen-Perrin,
Boëtzel ; Bordone, ancien chef d'état-major de Ga-

ribaldi, auteur d'un drame qui porte le nom du soli-
taire de Caprera, etc. Le général Cremer a fait aussi
partie du *Bon Bock*, ainsi que Daumier, qu'André
Gill appelait, dans un toast, le Michel-Ange de la
caricature.

*
* *

Les lettres d'invitation du *Bon Bock* sont illustrées
de dessins dus aux artistes faisant partie de la Société. Chaque mois c'est un nouveau dessin, le nom
du signataire de la lettre change. En tête de ces mis-
sives des vers. Nous reproduisons quelques-unes
de ces élucubrations poétiques.

M. Henri du Clauziou sur la lettre du soixante-
quatrième dîner :

> Jadis les rendez-vous se donnaient à la Pinte,
> Au Vieux Coq, à la Dive, enseigne de gaîté ;
> Rien ne se perd en France la phalange sainte
> Aujourd'hui se rassemble au Bon Bock tant fêté.

De M. Victor Michal :

> Nos présidents sont de retour,
> Ils sont rendus à notre amour ;
> Sur quatre, trois étaient en route.
> Notre Bon Bock va boire la goutte,
> Nos présidents sont de retour.

De M. Jules Echalié :

> Si le plaisir goûté chez toi,
> De te chanter peut rendre digne.
> Bon Bock, nul ne l'est plus que moi :
> Je suis Michol et toi la Vigne.

De Beausapin, du *Tintamarre :*

> A ta voix accouru, l'essaim joyeux et fol
> Dans sa gaîté, Bellot, n'a point de retenue,
> Mais nul ne se permet ce manque de tenue :
> Venir au Bon Bock sans faux col !

La lettre d'invitation du centième dîner est en papier rose. Ducros a écrit pour célébrer cet aniversaire le quatrain suivant :

En dépit des jaloux, des niais et des cuistres,
Le centième dîner a lieu, c'est épatant !
Le Bon Bock est debout ! hélas que de ministres,
Ne pourraient pas en dire autant !

Chaque lettre contient, en outre, un court résumé du dîner précédent. La collection complète de ces feuilles volantes, où des artistes et des littérateurs jettent leur talent et leur esprit est très curieuse.

Un fait particulier à noter : il y a une bouteille de vin par dîneur, mais l'eau est absolument bannie de la table du *Bon Bock*, il faut boire son vin pur.

Citons encore parmi les assidus du dîner ; M. Félix Duley, caissier de la librairie Furne et Jouvet. M. Duley est un chasseur déterminé et un marcheur infatigable. M. Frère, secrétaire général de la compagnie des chemins de fer de l'Ouest, homme de relations charmantes, aimant beaucoup les artistes et les écrivains. Dans une situation où l'on se fait si facilement des ennemis, M. Frère a su conquérir toutes les sympathies, même celles de son personnel !

LES QUATRE SAISONS

LES QUATRE SAISONS.

C'est le groupe des amis du peintre Daubigny qui
a fondé cette réunion artistique. C'est le fils du célèbre artiste, Karl Daubigny, héritier du talent et des
qualités de cœur de son père qui en est le président.

Naturellement le paysage est largement représenté
dans ce dîner par MM. Eugène Lavieille, Damoye,
Berthelon, O. de Champeaux, Lemaire, Frédéric
Henriet.

Aux expositions, les portraits et les tableaux d'histoire, les premiers trop prosaïques, malgré le talent du
peintre, les seconds incompréhensibles pour la masse
qui ne connaît point le ou les personnages dont un
des actes de la vie est reproduit sur la toile ; portraits

et tableaux d'histoire ont besoin du paysage pour *forcer* le gros public à s'arrêter devant eux.

Il y a des paysages délicieux, tout pleins de poésie, où à travers le feuillage qui s'incline mollement, on devine le vent léger. Les rayons du soleil mettent en présence la lumière éclatante et des ombres épaisses. A travers les prairies un ruisseau pareil à un ruban de cristal liquide, roule entre ses rives fleuries, sur un fond d'herbes ou de cailloux polis et luisants.

A côté c'est le paysage austère ; le mont dénudé au flanc duquel apparaît une herbe maigre, quelques buissons rabougris. Puis c'est le rocher tantôt uni, tantôt comme convulsé, dessinant des arêtes bizarres ou s'entr'ouvrant brusquement, précipice ou lit de torrent, montrant béantes, pareilles à des blessures faites par des géants ses fissures énormes aux parois de pierre.

La légende a aussi ses fervents parmi les paysagistes. Les ondines gracieuses émergent des eaux transparentes, les arbres de la rive, saules et peupliers

qu'aucun souffle n'agite, sont immobiles, le lac ou
le courant reflètent avec la fidélité d'une glace, leurs
troncs grossis et leur membrure démesurée.

La lune éclaire ce tableau, les étoiles comme des
clous d'or attachés sur l'azur sombre accomplissent
leurs évolutions et les nymphes, les yeux bleus grands
ouverts, les lèvres rouges dessinant un sourire, re-
gardent, écoutent, comme si au moindre bruit elles
devaient s'enfoncer et disparaître pour échapper aux
regards des humains.

Et les fées, nos artistes savent dans leur imagination fertile trouver un paysage ou ces êtres — enfants
de rêveries poétiques — sont admirablement placés.
La fée verte glisse au-dessus des prairies et ses pieds
diaphanes ne font même point pencher les herbes
qu'ils semblent pourtant toucher.

Nous citerons les sorcières, les unes d'une laideur
repoussante, les autres d'une grande beauté, avec
leur cortège de chats au poil hérissé, et les farfadets,
les esprits follets qui ont fourni et fournissent aux ar-

tistes des moyens multiples de mettre en relief leur talent.

Le campagnard de passage à Paris, visitant le Salon s'arrête devant ces tableaux variés qui lui rappellent son pays. Il est étonné de la ressemblance, du fini des détails.

Les fleurs éclatantes des pommiers brillent de leurs vraies couleurs ; les poiriers disparaissent comme enveloppés d'un voile blanc d'une transparence merveilleuse, cette enveloppe fleurie cache le feuillage vert et les branches à l'écorce rugueuse. Sur un tas de pierres, au bord d'une vigne, a poussé un superbe églantier qui lance dans tous les sens ses longs et vigoureux rameaux chargés de roses que le moindre vent effeuille.

Plus loin, sur ce même remblai de cailloux, c'est un buisson d'aubépine. Ses petites fleurs pressées les unes contre les autres forment sur toute la longueur des branches des bouquets blancs aux tons rosés.

Les larges grappes des lilas, se détachent bleues,

sur les feuilles en forme de cœur ; le chêne superbe, le sapin élevant dans les airs sa pyramide de verdure; le torrent roulant à travers les rochers ses eaux blanches d'écume ; la rivière sur laquelle marchent lentement des bateaux lourdement chargés; tout cela et bien d'autres choses encore qu'il serait trop long d'énumérer frappe les esprits les moins cultivés et leur impose, sans qu'ils s'en rendent compte, le respect de l'art et à quelques-uns en donne le sentiment.

Qu'on ne s'y trompe pas, le paysan aime la campagne reproduite sur toile, il l'aime chantée par André Theuriet, le poète de talent, le prosateur qui séduit, entraîne le campagnard en lui faisant voir, en vers harmonieux et en prose charmante, des beautés qu'il ne connaissait point.

Dans les artistes que nous avons cités plus haut, on retrouve les différents manières de reproduire le paysage dont nous venons de faire un court résumé.

Frédéric Henriet qui fait partie du groupe des paysagistes des *Quatre Saisons* est aussi un écrivain.

Il a publié les biographies de Daubigny, de Chintreuil et de Jean Desbrosses. Ce dernier est élève de Chintreuil, a soigné le célèbre artiste malade jusqu'à sa dernière heure. Il occupe, rue de Seine, un atelier d'où l'on aperçoit un océan de toits avec d'innombrables cheminées et dominant tout, la masse imposante de Saint-Sulpice, Saint-Germain-des-Prés, le vieux palais abbatial, qui rappelle les bénédictins, ces moines érudits dont les œuvres servent à reconstituer notre histoire nationale.

Les sculpteurs Desouches, Adolphe Geoffroy, Dechaume font partie du dîner des *Quatre Saisons*.

Puis les peintres d'histoire et de genre, MM. Édouard Frère, Bin, Feyen-Perrin, Boulard. Ce dernier est comme ses confrères un artiste de grande valeur dont le nom serait beaucoup plus connu, si depuis vingt-huit ans il ne s'était systématiquement tenu à l'écart et n'avait rien exposé Son fils, Auguste Boulard est un aquafortiste de mérite,

le graveur dessinateur Boëtzel ; Steinhel, père et fils ;
Mignan, Regereau.

On voit que le dîner des *Quatre Saisons* compte
parmi ses habitués beaucoup de célébrités.

Étienne Carjat en fait aussi partie. Il y a obtenu
un grand succès, non en montrant ses photographies
qui sont très belles et que chacun connaît, mais en
chantant une chanson bretonne, le *Biniou*, ce chant
rappelle la manière de Pierre Dupont. Carjat dit
aussi avec beaucoup d'esprit — ce qui ne nous sur-
prend pas — un récit naturaliste... très naturaliste.

Beaucoup de tapage, des vers, des chansonnettes
et entre temps des *scies* fort drôles et beaucoup de
cordialité. On se réunit chez Brébant.

LE DINER DES TERMES

LE DINER DES TERMES

C'est en janvier 1877, que l'acteur Saint-Germain fonda ce dîner. Il devait d'abord avoir pour but de célébrer la naissance de Molière.

Le nom de « Dîner Molière » fut d'abord trouvé prétentieux ; il fallait en trouver un autre. La réunion n'ayant lieu qu'une fois par an, ce qui parut trop peu fréquent, on décida qu'au lieu d'une fois, on se réunirait quatre fois l'année : tous les trois mois, les 15 janvier, avril, juillet et octobre.

Le nom était tout trouvé : le « Dîner de Molière » devint le « Dîner des Termes ».

On devait célébrer, non pas le plaisir d'avoir touché les termes de ses maisons, comme le font les propriétaires d'immeubles, mais la satisfaction d'avoir pu payer chacun le sien.

Ce dîner a lieu très régulièrement à la date indiquée, chez Désiré Beaurain. Il est très bruyant et les assistants sont peu nombreux.

Les convives les plus assidus sont : Saint-Germain, qui anime la réunion de sa verve comique et raconte avec esprit des souvenirs d'acteur ; Bergeret, un jeune auteur dramatique joué au Gymnase ; Charles Courcy, Paul Ferrier, rédacteur du *Gaulois*, auteur de pièces qui ont obtenu un succès mérité ; Abraham Dreyfus, qui amuse par l'esprit de ses pièces les habitués de nos théâtres de genre. Il raconte des histoires très gaies, c'est un des boute-en-train de la réunion.

Au mois d'avril 1884, M. Abraham Dreyfus a fait au cercle artistique et littéraire de Bruxelles, une causerie étincelante d'esprit sous ce titre : *Comment se fait une pièce de théâtre*. Il avait eu l'idée ingénieuse de le demander directement aux auteurs les plus célèbres. Il reçut de ces maîtres de l'art dramatique des réponses fort curieuses et très intéressantes.

Alexandre Dumas fils, Émile Augier, Victorien Sardou, Eugène Labiche, Ernest Legouvé, Camille Doucet, Ludovic Halévy, Théodore de Banville, Adolphe d'Ennery, Émile Zola, Édouard Pailleron écrivirent à M. Dreyfus des lettres dont la lecture est naturellement des plus instructives.

Saint-Germain a dit souvent avec un grand succès la *Pomme*, conte qui fait partie d'un volume de l'ancien secrétaire du Dîner.

A la fin de la séance on déclame des vers, souvent de circonstance, on chansonne le *Terme* du dîner. C'est un *caveau* en miniature.

16.

LE BOEUF NATURE

LE BŒUF NATURE

Ce dîner a un titre tout naturaliste, il n'est donc pas étonnant que M. Zola et ses disciples en aient fait partie. Il existe depuis 1864, mais à cette époque il n'avait pas l'importance qu'il a acquise depuis et ensuite reperdue.

On se réunit au café Procope, ensuite chez Laffitte, rue de Taranne — aujourd'hui boulevard Saint-Germain. Vers 1876 on retourna au Procope que l'on quitta tout à fait pour aller s'échouer chez Brébant.

C'était d'abord une réunion d'intimes, d'Aix ou des environs ; Émile Zola, Paul Alexis, Antony Valabrègue, Maurice Coste ; Marius Roux et Béliard.

Puis viennent Maurice Bouchors, l'auteur des

Chansons joyeuses ; Paul Bourget, un littérateur de grand talent doublé d'un fin critique. Il a été rédacteur du *Parlement* et a publié chez Alphonse Lemerre un volume d'études sur les écrivains tels que MM. Taine, Baudelaire et quelques autres. Ensuite Coppée se fit inscrire avec un ami, M. Gualdo, un romancier italien qui écrit parfaitement le français.

En 1878, nouvelles recrues ; Léon Hennique, auteur de la *Dévouée*, du *Cas de monsieur Hébert* et de plusieurs autres romans et nouvelles fort remarquables; M. Huyssmans, un écrivain de l'école de M. Zola ; M. Guy de Maupassant un des plus brillants chroniqueurs du *Gaulois ;* M. Armand d'Artois, qui a écrit en collaboration avec M. Coppée, la *Guerre de cent ans.* M. d'Artois a eu des pièces jouées sur diverses scènes et a fait la critique littéraire à la *Vie Moderne.* Il est attaché au ministère de l'instruction publique.

Outre ses chroniques et ses romans, M. de Maupassant est auteur dramatique. Il a eu une pièce jouée au Troisième Théâtre-Français : *Une Histoire du Temps passé.* Ce succédané de l'Odéon était alors boulevard du Temple, dans le local de l'ancien théâtre Déjazet, l'impressario Ballande le dirigeait.

M. Fourcaud s'occupe surtout des questions d'art au *Gaulois.* Il a écrit à la *Vie Moderne.* Un écrivain naturaliste, M. Huyssmans, l'auteur des *Sœurs Vatfard;* puis M. Henry Céard, qui appartient à la même école, a fait au *Voltaire* des chroniques remarquées, il est employé dans un ministère.

M. Paul Alexis a poussé la note naturaliste à l'extrême. Il a publié une série de pièces de vers intitulées *Les Lits.* Sous ce titre prosaïque il parle du lit du bourgeois, de celui de la courtisane, en un mot la couche des différentes classes de la société est chantée par ce poète qui imite Beaudelaire dans ce qu'il écrit de plus réaliste.

Un autre poète, mais d'une facture moins violente, M. Antony Valabrègue. Il a un cousin du même nom qui a été secrétaire général au théâtre Historique et a eu quelques pièces, seul ou en collaboration, représentées sur diverses scènes. A propos d'une de ces œuvres, une lutte épistolaire éclata entre les deux parents qui se dirent des mots fort désagréables dont le public s'amusa pendant quelques jours.

— Ce n'est pas moi qui ai commis cette ineptie, écrivait Antony en parlant de l'œuvre dramatique de son cousin.

— Je ne suis pour rien dans une œuvre aussi idiote. répliquait Albin, citant des poésies d'Antony. Ces méridionaux ont la tête près du bonnet.

M. Marius Roux, romancier, secrétaire de la ré-daction du *Petit Journal*, Albert Dethez, du *Courrier du Soir* ont été du Dîner, ainsi que M. Haag, répétiteur à l'École Polytechnique, condisciple de M. Zola et M. Orsat, successeur de Coppée dans son emploi au ministère de la guerre.

Le célèbre auteur de *Madame Bovary* et de *Salambô*, Gustave Flaubert, a assisté au dîner. Edmond Duranty, un travailleur infatigable, un observateur plein de finesse y a assisté également. Duranty, jeune, fut directeur du Guignol des Tuileries et composait lui-même les pièces qu'il faisait représenter par sa troupe de marionnettes. Il a réuni en un volume ces œuvres légères. Elles serviront à ceux qui, moins intelligents que lui, ne peuvent se créer eux-mêmes un répertoire.

Flaubert est mort après avoir savouré le succès, Duranty, fatigué par la lutte, a rendu le dernier soupir au moment où ce succès tant recherché et si longtemps attendu commençait à lui sourire.

Le peintre paysagiste Jean Desbrosses, le peintre proudhonnien ? Béliard et Maurice Coste étaient mêlés aux littérateurs. Béliard fut l'exécuteur testamentaire d'Alphonse d'Esquiros, préfet de Marseille après le 4 Septembre, dont les gaspillages sont restés légendaires.

Coste, secrétaire du Dîner, avait son atelier rue Mazarine. C'était un véritable capharnaüm où se trouvaient mélangés des costumes, des peaux d'animaux, des armes diverses. Aux murs des tableaux, des études, des pipes de formes variées. Cet atelier avait été occupé par Yvon.

Les lettres d'invitation ou de convocation avaient en tête un petit bœuf. La gaîté la plus franche a toujours été la note des dîners du *Bœuf Nature*.

LES SECRÉTAIRES

DES THÉATRES

LES SECRÉTAIRES

DES THÉATRES

Dès qu'un journal paraît, les premiers inscrits sur la liste des services sont les théâtres et les chemins de fer. Aux uns on demande des places aux autres des permis de circulation. Il n'est donc pas étonnant que les sécrétaires aient toujours l'esprit en éveil et qu'ils se méfient lorsqu'une lettre avec entête dudit journal leur arrive, naturellement avec demande de fauteuils ou de permis.

En France, à Paris surtout, le bourgeois hait intimement le journaliste, prétendant qu'écrire est un métier comme un autre et afin de prouver ce qu'il avance, quelquefois, souvent même, il fonde un journal où il essaye de développer ses idées.

Nous avons connu de ces maniaques étranges. Un vénérable fabricant de robinets qui a, paraît-il, inventé un clapet spécial pour les sièges des cabinets d'aisance, voulut se donner cette satisfaction. Retiré avec une centaine de mille livres de rentes, il acheta un journal, et alignant des mots — mots qu'il inventait lui-même absolument comme les clapets, — il égaya pendant quelques temps les malheureux qui eurent la male-chance de lire sa prose.

En commençant l'article, on se demandait si on n'avait point sous les yeux l'œuvre d'un mauvais plaisant. Mais il y avait une telle suite dans ces insanités, pourtant revues et corrigées par M. Marcel Coussot, membre de la Société des Gens de lettres, qu'on finissait par se convaincre qu'on se trouvait en face des élucubrations d'un imbécile prétentieux, et non d'un farceur ou d'un toqué.

Il n'était pas fou, ce vétéran du clapet inodore ; et

la preuve, c'est que, étant fort riche, vieux et sans charge de famille, il donnait à ses collègues millionnaires des conseils pour détruire le paupérisme en dépensant de l'argent de telle ou telle façon. Mais il se gardait bien de mettre en pratique les conseils qu'il prodiguait et ne fondait pas un établissement pour démontrer pratiquement ses théories.

Aussi voyant qu'il n'était pas pris au sérieux par ceux dont il avait voulu devenir le confrère, les prit-il en grippe.

Dans le monde des commis de nouveauté, des employés des différentes administrations, on retrouve cette prétention à voir son nom imprimé, à dire : « Je vais à mon journal », à montrer à ses amis et à ses simples connaissances soit une entrée pour un théâtre quelconque, soit un permis sur une ligne de chemin de fer.

Du reste ce que nous disons est tellement vrai, qu'un employé écrivant dans le *Fanal d'Aubervilliers* ou le *Guetteur de Chaillot* prend aussitôt la qualification d'homme de lettres.

Cette jalousie latente se devine facilement et perce malgré ceux qui en sont atteints. Un employé à la Cour des Comptes que nous avons l'honneur insigne de connaître depuis des années disait que la profession d'écrivain est un métier de paresseux : ce brave garçon qui venait de manger sa botte de chardon et savourait son picotin d'avoine, sentant qu'il ne pouvait s'élever, cherchait à rabaisser les autres.

C'est contre des créateurs de journaux de ce calibre, qu'il faut, pour un secrétaire de Théâtre, ou de chemins de fer, être en méfiance. Aussi cette fonction n'est-elle point purement honorifique.

Il faut connaître non seulement l'importance du journal, le public auquel il s'adresse mais tout d'abord la notoriété de son directeur ou rédacteur en chef. Aussi les directeurs de théâtres choisissent-ils — sauf des exceptions fort rares — leurs secrétaires généraux dans le monde des journalistes. Ils rédigent les notes, réclames, organisent le service de premières et de deuxièmes, et quand une pièce est lancée ne paraissent à leur cabinet que dans l'après-midi de deux heures à quatre. Ils dépouillent la correspondance, signent des demandes de billets, donnant à l'un une loge, à l'autre deux fauteuils à un troisième simplement deux entrées. A celui que l'on refuse, on écrit sur la lettre de demande, *impossible*, *mille regrets*. Disons que dix-neuf fois sur vingt la chose est toujours possible et que les *mille regrets* n'existent que sur le papier. Ce nombre est très exagéré. Qu'on additionne et l'on verra quelle quantité énorme de regrets un seul secrétaire de théâtre pourrait manifester en moyenne chaque jour.

Du reste il y a des secrétaires qui ne manifestent rien, et se contentent de ne pas répondre. C'est une économie de temps, d'encre et de plumes.

Par ce temps de dîners, ce qui devait arriver arriva par la force même des choses. Pourquoi les auteurs de *mille regrets* ne se réuniraient-ils point chaque mois autour d'une table bien servie ? Cette idée était dans l'air, aussi fut-ce sans le moindre étonnement

17.

que ceux qui n'avaient point été prévenus du projet
de fonder un dîner reçurent la lettre suivante :

25 janvier 1884.

Mon cher Confrère,

Dans le but de resserrer les liens d'amitié et de confrater-
nité qui existent entre nous, nous venons vous proposer de
réunir les Secrétaires des Théâtres de Paris, dans un Dîner
mensuel.

Si vous êtes favorable à cette idée, veuillez être assez aimable pour en avertir M. Nunès, notre confrère de la Renaissance, qui, aussitôt qu'il aura recueilli les différentes adhésions,
vous conviera, d'accord avec nous, à un premier banquet,
dans lequel seront prises les résolutions ultérieures.

Veuillez, mon cher Confrère, agréer l'expression de nos
sentiments cordiaux.

DICK de LONLAY   BOURGEAT
(Châtelet)   (Odéon)
LÉON MARX   L. NUNÈS
(Gaîté)   (Renaissance)

L'idée prenait un corps. Tous les invités répondi-
rent à l'appel qui leur était fait, la société était fon-

dée. M. Nunès reçut les adhésions et le dîner eut lieu.

M. Bodinier, du Théâtre-Français; M. Darcel, de l'Opéra ; M. Edouard Noël de l'Opéra-Comique M. Bourgeat, de l'Odéon, appartenant aux théâtres dits Nationaux, fraternisèrent avec leurs confrères des scènes non subventionnées ; il n'y eut pas un seul refus: personne n'argua de l'importance du théâtre où il remplissait ses fonctions pour tenter d'exclure des secrétaires de scènes plus modestes ou n'ayant rien de littéraire, comme l'Hippodrome et le Cirque.

M. Emile Abraham, du Gymnase, rédige la revue des Théâtres au *Petit Journal*, M. Georges Boyer de la Porte-Saint-Martin a écrit au *Figaro*, au *Gaulois* et, comme M. Abraham, a fait représenter en colla-boration des pièces qui ont eu des succès. Il a été aussi secrétaire à l'Odéon, M. Duquesnel, *regnante*.

M. Léon Marx, de la Gaîté, a passé par la Porte-Saint-Martin. M. La Rochelle, l'habile et intelligent directeur qui avait ramené le succès sur tant de scènes abandonnées du public parisien, appréciait les qualités de M. Marx, vif, pétulant, aimable et naturellement journaliste et auteur dramatique.

M. Chavannes est aux Variétés. Voilà une place qui n'est pas une sinécure ; lorsque de tous les points de l'horizon du journalisme arrivent des demandes pour voir jouer les artistes si connus du public qui les applaudit sans se lasser jamais, retient leurs gestes en même temps que les mots d'esprits d'écrivains tels qu'Albert Millaud, Raoul Taché, et beaucoup d'autres dont les noms attirent la foule.

Certes M. Chavannes fait des mécontents ; s'il y a beaucoup de demandes, il n'y a toujours qu'un nombre restreint de favorisés ; mais il ne s'est pas créé d'inimitiés, chose rare dans ce monde si susceptible des artistes et des écrivains.

M. Alfred Delilia des Folies-Dramatiques a rédigé le Courrier des Théâtres dans des journaux importants. Il a écrit au *Tintamarre*, où il avait pour collaborateur Pirouette, lisez Coquelin cadet. Aux

Folies les succès prolongés de certaines pièces lui ont fait des loisirs. L'idéal d'un secrétaire général est qu'une pièce tienne l'affiche longtemps ; il se repose, son théâtre prospère et le directeur se frotte les mains.

Aux Bouffes-Parisiens, c'est M. Gaspari, un nom bien connu dans le monde des théâtres. Il est le fils de Gaspari directeur du Bobino où ceux de ma génération on vu jouer des revues de Saint-Aignan Choler, *Gare l'eau* eut un succès colossal pour l'époque. C'était la fin de la bohême, l'agonie de la grisette, la disparition de l'étudiant. Le public de Bobino appelait irrévérencieusement son théâtre favori *Bobinche*.

M. Brasseur fils est le secrétaire général de son père, l'amusant artiste du Palais-Royal qui s'est mis directeur des Nouveautés et a réussi. Il est également codirecteur des Folies-Nouvelles.

A l'Ambigu, M. Bridault ; à Déjazet, M. A. Laffrique. Quand un théâtre a subi toutes les vicissitudes de Déjazet — anciennes Folies-Nouvelles — qu'il a eu surtout le malheur d'avoir eu pour directeur M. Ballande qui l'avait affublé du nom peu justifié de Troisième Théâtre-Français parce qu'il faisait représenter des pièces que l'on appelle des ours, il faut se donner de la peine et déployer beaucoup d'intelligence pour ramener le public à ce théâtre. Aussi la place de M. Laffrique est-elle fort dure à remplir.

La scène du Château-d'Eau, rue de Malte, après avoir été l'Opéra-Populaire a encore changé de nom. C'est M. de Cuers qui en est ou en était le secrétaire général. Aimable et charmant confrère, il s'est retiré parce que M. de Lagrené, son directeur, n'admettant pas qu'on se permît de critiquer les pièces qu'il faisait représenter, avait supprimé le service à différents journaux.

Justement froissé de ce procédé, M. de Cuers donna sa démission et pour qu'on ne supposât pas qu'il avait été pour quelque chose dans la mesure prise par M de Lagrené, il écrivit aux journaux une lettre où il expliquait le motif de son départ.

Beaumarchais a repris son ancien nom et joue des drames qui intéressent le public du Marais. C'est M. Charles qui est titulaire du secrétariat général.

M. Maurice Simon a ramené à Cluny la chance qui l'avait abandonné, après la direction brillante et fructueuse de M. Larochelle. Il joue des pièces plusieurs centaines de fois avec salle comble. Son secrétaire général est M. Boscher.

Sans parler du *Cabinet Piperlin*, de désopilante mémoire, citons le succès prodigieux de la pièce qui lui succéda : *Une Femme pour trois maris*, de MM. Grenet-Dancourt et Albin Valabrègue. Le soir de la centième, M. Simon réunit plus de cent convives au café Riche.

Toute la presse dramatique avait été invitée, les artistes du théâtre de Cluny ; des artistes d'autres scènes parisiennes, se groupaient autour de l'heureux directeur et des deux non moins heureux auteurs.

Une réduction du théâtre de Cluny se dressait au milieu de la table. Des femmes charmantes, puis à côté de ces fleurs animées d'autres fleurs dont les couleurs brillantes et les parfums énivrants donnaient un charme de plus à ces toutes gracieuses artistes dont la présence rehaussait encore l'éclat de cette fête toute intime.

Coquelin cadet, qui dit les monologues dont M. Granet-Dancourt est l'auteur, assistait au triomphe de son auteur.

Point de soupers de centième sans discours, M. Albin Valabrègue tourna fort bien ce dangereux écueil. Après lui, son collaborateur, puis M. Georges Grisier — Dorante de la *Patrie* — qui, dédaignant la vile prose, parla le langage des dieux :

La centième à Cluny n'est pas chose ordinaire,
C'est même rare, presque autant qu'un centenaire, etc.

Ce qui explique cet accès poétique de Grisier, c'est qu'il avait une pièce, *Nos Belles-Mères* [1], reçue

1. Au moment où paraîtra notre ouvrage, cette pièce n'aura

à Cluny et que M. Grenet-Dancourt, lui ayant sou-
haité un centenaire, il fallait répondre à ce vœu.

M. Édouard Philippe dirigea la fête pyrotechnique,
porta des toasts aussi variés que ses fusées et improvisa sur le piano des variations à faire pâlir ses feux
les plus éblouissants. On dansa jusqu'au jour.

Après une nuit aussi bien remplie, on avait besoin
de repos. M. Simon accorda à ses artistes deux jours
de vacances. — L'ombre de feu Billion dut frémir si,
invisible, elle assistait à cette orgie joyeuse.

Sachant que les bureaux de rédaction des journaux
sont tous près des grands boulevards et par consé-

pas encore été représentée. Nous sommes d'avance convaincu
qu'elle sera spirituelle, mais nous espérons que M. Grisier ne
se livre pas à de basses flatteries à l'égard des *Belles-mères*.
Si, ce que nous n'osons même pas supposer, il s'abandonnait
à des fantaisies de ce genre, il rendrait la vie impossible à
tous les malheureux affligés d'une belle-mère. Il commettrait
un crime de lèse-humanité, car il serait la cause de beaucoup
de séparations de corps et de suicides nombreux.

quent fort éloignés de son théâtre, M. Boscher, peiné de refuser un confrère qui a fait ou fait faire une course aussi longue, hésite, puis si le confrère n'abuse pas des demandes il dit un mot à M. Simon qui prend son air le plus rébarbatif et... les deux places sont accordées.

Aux Folies-Bergères, M. Klotz. Encore un qui reçoit des lettres. Les bourgeois qui connaissent des journalistes ne sont pas fâchés de voir le promenoir des Folies-Bergères, sauf après s'être amusés, à tonner contre la démoralisation du siècle.

M. Le Bourg est à l'Alcazar d'hiver ou Thérèsa après une absence de plusieurs années a retrouvé ses succès d'autrefois.

M. François Oswald, journaliste très connu, a été pendant de nombreuses années au *Gaulois* qu'il quitta en même temps que M. Cornély. Il entra au *Clairon* qui parut le lendemain même de l'expulsion de M. Arthur Meyer du *Gaulois* qui en était le directeur.

M. Oswald est secrétaire général de l'Eden-Théâtre. Il n'est pas le moins gai de la société du dîner.

A l'Hippodrome c'est M. Jeannin et au Cirque M. Ch. Franconi qui exercent les fonctions de secrétaires. Leurs troupes hippiques sont certainement plus faciles à conduire que celles des théâtres dramatiques ou lyriques.

Le président de l'association est M. Dick de Lonlay, dessinateur et écrivain de talent. Il a écrit plusieurs volumes dont il a fait les illustrations. Secrétaire général au Châtelet, il connaît à fond les journaux et les journalistes.

Le secrétaire du dîner est M. Léon Nunès, rédacteur au *Petit Caporal* et secrétaire général de la Renaissance, très aimable pour ses confrères. M. Edouard Noël dont nous avons cité le nom passe au contraire pour dur ; nous ne parlons pas seulement des petits journaux ; mais pour les grands journaux quotidiens ou hebdomadaires.

Comme à toute association il faut des insignes, les secrétaires de théâtre ont : deux plumes croisées, portant en exergue IMPOSSIBLE, REGRETS.

L'ARLEQUIN

L'ARLEQUIN

Quelques littérateurs et artistes se réunissaient assez régulièrement chez le restaurateur Ruinet. Le sculpteur Delaplanche proposa de fonder un dîner mensuel ; cette proposition fut adoptée et l'*Arlequin* naquit.

Par ce titre a-t-on voulu exprimer la diversité des professions représentées à ce repas, par allusion à la bigarrure du costume d'Arlequin ? ou bien est-ce le plat étrange, connu dans la langue verte sous le nom d'arlequin, qui a été le parrain de la société ? C'est une question grave et qui est loin d'être résolue.

Dans tous les cas, nous pouvons affirmer qu'en

plusieurs occasions on vit, dans la salle du festin, se balancer, suspendue au plafond par un fil, une marionnette revêtue du costume si connu *del signor Harlechino.*

Le dîner, une fois bien constitué, s'établit au café de Fleurus où il tient ses assises le dernier samedi de chaque mois. Il offre cette particularité qu'il quitte Paris durant la belle saison et va s'installer au Bas-Meudon, chez Dupré. La table — qui est fort belle — est sur une grande terrasse couverte entourée de vignes vierges.

Au pied coule la Seine avec ses canots légers, ses périssoires, ses batelets qui évoluent sur les eaux tranquilles du fleuve ; ses lourdes péniches chargées de bois, de sable ou de houille ; ses remorqueurs traînant lentement de nombreux bateaux ; ses hirondelles et ses bateaux omnibus chargés de voyageurs. En face et à droite, l'île Séguin et l'île des Ravageurs ; à gauche, les gracieuses collines de Sèvres, le parc de Saint-Cloud, Suresne. De la terrasse, on assiste

à des couchers de soleil aussi beaux que ceux que
l'on va admirer à deux cents lieues de Paris.

Dans la composition du menu la friture et la mate-
lotte entrent pour une bonne part. Le beau sexe
n'est point admis aux dîners de l'*Arlequin*. La cotisation varie selon la dépense faite qui dépasse rarement
6 francs par personne.

En juillet et août, le dîner est suspendu, la plu-
part de ses membres étant en villégiature. Il reprend
le dernier samedi de septembre à Paris.

Le président actuel est le peintre Garnier, un causeur très gai et très spirituel. Le sculpteur Leduc occupe le poste de trésorier. Les membres de l'*Arlequin* sont très nombreux ; on y compte des peintres,
des sculpteurs, des architectes, des artistes dramatiques, des journalistes, des ingénieurs, des médecins,
des professeurs, etc.

Nous citerons les compositeurs Salvayre, l'auteur
du *Bravo;* Jules Massenet, que son air doux et timide
fit longtemps respecter comme une jeune fille. Mais

18

à un dîner, le musicien si pudique se livra à des plaisanteries si salées, que ses codîneurs étonnés se le-
vèrent et s'approchèrent de lui pour bien s'assurer
de son identité. C'était bien M. Massenet qui parlait. A partir de ce jour, sa réputation de timidité fut
perdue. Il n'a fait depuis aucun effort pour la recon-
quérir.

Le sculpteur Falguière qui débuta si bruyamment
par son petit *Vainqueur au combat de coqs*. On peut
rappeler aussi les statues de Lamartine, de Pierre
Corneille et, au salon de 1879, un beau Saint-
Vincent de Paul. Delaplanche, dont la belle statue
de la Musique a établi la réputation ; le sculpteur
Tony Noël.

M. Prailens, un de nos professeurs de droit les
plus distingués ; le docteur Bergeron, frère du docteur dont le nom figure si souvent dans les journaux
lorsqu'il s'agit d'autopsie ; Champollion, un jeune graveur d'avenir qui a été médaillé en 1879 et 1881 ;
Villain, pensionnaire de la Comédie-Française ; Le-

mercier de Neuville, très connu par ses *Pupazzi* et aussi par ses toiles qui représentent des scènes militaires.

Lorsqu'il fut admis comme membre, du dîner, l'assemblée était grave ; on causait sérieusement, on savourait lentement le café, chacun avait aux lèvres un cigare de choix. Quand on se leva de table, le nouvel adhérent dit à ses collègues : « Messieurs, il est parfaitement entendu que nous sommes tous très distingués de manières et de langage. Ceci admis, mettons-nous à notre aise ! »

Le directeur des *Pupazzi* jeta son cigare et sortit de sa poche une pipe superbement culottée qu'il remplit de caporal et alluma sans souci de la distinction.

La glace était rompue.

Le nom de M. Jules Garnier est revenu souvent dans nos récits ; chaque fois nous avons constaté le réel talent de cet artiste. Il a trop accentué, dans beaucoup de ses œuvres, le côté obscène. Le tableau qu'il avait envoyé au salon de 1884 : *Borgia s'amuse*, représentant sept femmes nues dansant devant un pape, ayant été refusé, il reçut la lettre suivante :

Palais des Champs-Élysées, 12 avril 1884.

Monsieur,

Le Conseil d'Administration de la Société, appelé à examiner si la légende que vous aviez l'intention de mettre à la suite du titre de votre tableau : *Borgia s'amuse !* devait ou non être insérée au catalogue, a été amené à se prononcer en même temps sur l'opportunité qu'il y aurait à exposer l'ouvrage lui-même et à mettre sous les yeux d'un public, composé en *grande partie de femmes et d'enfants,* un tableau pouvant blesser la décence.

A ce point de vue, le Conseil d'Administration, sans mettre en cause votre talent, mais se préoccupant uniquement du respect et de la déférence qu'il doit au public, a le regret de vous informer que votre tableau, inscrit sous le no 6,878, ne peut figurer au Salon de 1884 et est actuellement à votre disposition, au palais des Champs-Élysées.

Agréez, etc.

A cette lettre, M. Garnier répondit :

*A monsieur le Président du Conseil d'Administration de la
Société des artistes français.*

Monsieur le Président,

Je ne puis laisser passer sans protester énergiquement la
décision du Conseil d'Administration qui me frappe. J'avais
puisé dans de nombreux précédents le droit de traiter un
sujet tel que celui de mes tableaux. Les Phrynés, les Nymphes
et Satyres, les Divertissements du Régent, l'Entrée de
Charles-Quint précédé de femmes déshabillées dans la ville
d'Anvers, et tout récemment encore, au palais même de l'É-
cole des beaux-arts, ces étudiants en veston accompagnés de
femmes nues m'autorisaient à croire que tout sujet était permis, à la condition de ne donner, ni dans les détails de la
composition ni dans les gestes, aucune prise à l'équivoque :
c'est le fait absolu de mon tableau ; comme aucun détail,
aucun geste et même aucune intention n'y est obcène et que
la mémoire des Borgia n'est plus à défendre, je ne puis laisser
passer sans protester énergiquement la décision qui me
frappe.

Je n'ai eu notification de mon exclusion que dimanche
1 } avril, c'est pourquoi je n'ai pu vous faire parvenir plus

18.

tôt, avec ma protestation, l'expression de mon respect et de mes sentiments dévoués.

JULES GARNIER.

15 avril 1884.

M. Jules Garnier équivoque ici lui-même et sa réponse manque de franchise. Il devait se montrer plus crâne, car personne n'est dupe de ses protestations.

Pour tout le monde, il est incontestable qu'il avait l'intention de faire une œuvre devant forcer l'attention du public. Il voulait également insulter, par l'exhibition de son œuvre, les représentants d'un culte ou plutôt ce culte lui-même.

Le comité d'admission a jugé les choses ainsi et il a été dans le vrai et le public qui a vu les reproductions photographiques du tableau a applaudi à sa décision.

L'œuvre érotico-philosophique de M. Garnier n'a pas eu le succès de scandale sur lequel il comptait. Il y a des gens qu'il ne faut point froisser, et parce qu'il plaira à un peintre de faire un tableau en lisant

Charlot s'amuse, il ne faut pas que ce produit d'une imagination déréglée soit exposé, de par la volonté de l'auteur, dans un palais appartenant à la nation.

L'exposition particulière est un droit absolu, M. Garnier en a usé, il a bien fait. Quant à avoir modifié les idées de ceux qui ont été voir ses sauteuses, c'est autre chose.

LES BURINISTES

LES BURINISTES

Les premiers dîners fondés réunissaient d'abord les membres d'une seule corporation, littérateurs, auteurs dramatiques ; peintres et sculpteurs, autour desquels se groupaient les graveurs, dessinateurs, en un mot tous ceux qui tenaient à la sculpture ou à la peinture soit par le pastel, le fusain, la terre cuite, etc. Puis les artistes dramatiques et lyriques sans distinction de théâtre.

Il se greffa d'autres dîners sur ceux que nous venons de nommer et chaque fraction artistique eut à son tour ses réunions.

A la fin de l'année 1883, le 8 décembre, avait lieu le premier banquet des *Burinistes*, ou si l'on veut de la Société des graveurs au burin.

M. le vicomte Henri Delaborde, secrétaire perpétuel de l'académie des Beaux-Arts, présidait. Il avait
à sa droite M. Gaillard, à sa gauche M. François.
L'administration des Beaux-Arts était représentée
par MM. Paul Mantz et Georges Lafenestre, deux
écrivains de talent, connaissant à fond tout ce qui
tient à l'art.

Des éditeurs de livres de luxe, M. Conquet, dont
les belles publications attirent l'attention des amateurs
qui fréquentent l'hôtel des Ventes ; M. Savary ;
MM. Chardon et Salmon, imprimeurs qui savent
donner un charme plus grand aux gravures par les soins
qu'ils apportent dans le tirage ; M. Duplessis, con-
servateur à la Bibliothèque Nationale ; M. Constant,
secrétaire de M. Chaix-d'Est-Ange, avocat de la
société — il faut tout prévoir, surtout les procès. —
Notre confrère Charles Chincholle, l'habile directeur
du journal l'*Estampe* avait été invité. Les artistes
étaient MM. de Mase père et fils ; M. Poncet, qui
a gravé avec tant de talent l'œuvre d'Hippolyte

Flandrin qui orne l'église Saint-Germain-des-Prés ;
MM. Waltner ; Blanchard ; Deblois père et fils ;
Burney ; Gustave Lévy ; Thibault ; Melois ; Achille
Dubauchet ; Portier de Beaulieu ; Laguillermie ; Henri
Vion ; A. Mesnard ; Bellay ; Annedouche ; Boisson ;
Christophe ; Sulpis père et fils ; Alphonse Lamothe ;
Boutelié ; Salmon, — ne pas confondre avec l'impri-
meur cité plus haut ; — Allais ; Haussoulier ; Mani-
gand ; Massard fils ; Jules Jacquet.

M. Gustave Lévy avait rédigé le menu, la rédaction de ce document important nous montre l'artiste
comme gourmet et homme d'esprit. Nous en donnons
le détail :

POTAGES

Pochés *Nanteuil* — Purée *Aqua-Tinta*.

HORS-D'ŒUVRE VARIÉS

et

BOUCHÉES POMPADOUR.

RELEVÉ

Saumon sauce *Claude Lorrain*.

ENTRÉE

Poulets sautés *Rembrandt*.

19

ROTI

Filet piqué *Marc-Antoine*.

SALADES

ENTREMETS

Petits pois — Haricots verts

Parfait au café.

DESSERT VARIÉ — CAFÉ — LIQUEURS

Mâcon — St-Julien 1874

Madère

Thorins 1870 — Moët-Chandon.

Au dessert il y a eu naturellement des toasts. En sa qualité de président, M. le vicomte de Laborde a bu à la prospérité de la jeune société. Ensuite M. Gaillard a raconté les commencements de l'œuvre et annoncé pour elle l'avenir le plus brillant.

M. Constant a plaidé — ou parlé du moins — au nom de M. Chaix-d'Est-Ange, puis les conversations privées ont remplacé les discours, la gaîté a repris la place qu'elle avait d'abord cédé à la gravité, car c'est chose grave que la première réunion d'une société d'hommes aussi susceptibles que les artistes.

LA POÊLE A FRIRE

LA POÊLE A FRIRE

Comme les gens du nord, de l'est ou de l'ouest et même du centre de la France ne sont pas obligés de savoir ce que c'est qu'un sartanier, nous dirons que les sartaniers sont les Vauclusiens à Paris. Les natifs des plaines plantureuses arrosées par la Sorgues ; ceux qui ont vu le jour aux pieds du mont Ventoux, qui domine la contrée de sa masse imposante ; à Avignon où émergent d'un rocher énorme la masse gigantesque du palais des papes et le Dom, œuvres du génie et de la puissance de l'hommes greffées sur l'œuvre du créateur ; près de la fontaine de Vaucluse aux poétiques souvenirs, où Pétrarque a écrit tant de beaux vers, où Laure a laissé un souvenir qui se

transmet de générations en générations ; à Orange
qui a donné son nom à une famille royale. Ces Vauclusiens de Paris, galants comme tous les Français
devraient l'être, donnent tous les ans une fête pré-
cédée d'un dîner, aux dames sartanières.

Cela paraît drôle, à notre époque où la grossièreté
est à la mode, où un homme bien élevé n'ose plus offrir la main à une femme pour l'aider même à descendre de voiture, cela semble bizarre de voir des sartaniers avoir le courage d'être polis et par conséquent de
s'exposer aux plaisanteries de la majorité d'imbéciles au milieu de laquelle nous sommes forcés de vivre.

La Sartan a été fondée par M. Jules Myès, c'est
une des premières réunions régionales de Paris.

Le public change beaucoup ; dans un an, il y a des
nouveaux arrivés, d'autres sont retournés au pays ou
morts.

Le 29 mars 1884 la réunion eut lieu au Grand
Café central, place du Château-d'Eau ; elle était présidée par M. Monestier.

On parle dans ces réunions, l'accent méridional n'en est pas le moindre charme pour ces Parisiens. Cette animation dans les gestes, cette volubilité, ces rires francs et joyeux exercent un charme tout particulier sur les natures les plus calmes.

M. Saint-Martin, député de Vaucluse et M. Clovis Hugues, député de Marseille, ont, après le dîner, fait des discours. Naturellement ils n'ont parlé que du midi. On peut s'imaginer ce qu'a dû dire le bouillant poète marseillais s'abandonnant à son improvisation méridionale. Lorsqu'il parle, sa phrase devient de la poésie. Sans le vouloir il la scande harmonieusement et enlève son auditoire.

Après les discours, le concert. Les artistes étaient Mmes Maria Lafont, de la Scala ; Marthey, de l'Eden-Concert ; MM. Debailleul, Jules Banuel, M. Garnier, de l'Alcazar d'hiver ; M. Monclair, de l'Eden-Concert.

L'auditoire, charmé, applaudissait.

Mme Fosca ; MM. Rhemours et Tac-Coën ont successivement tenu le piano.

Une jolie mazurka, la *Petite Mionne*, par M. Tac-Coën ; une délicieuse romance, *Si j'osais*, du sartanier Louis Gleize, chantée par M. Monclair a enlevé le public. L'artiste a dû la redire plusieurs fois.

Disons que M. Henri Escoffier, — Thomas Grimm — un de nos meilleurs confrères, rédacteur en chef du *Petit Journal* est un sartanier.

On a offert un beau bronze à M. Uzès le fondateur de la *Sartan* et la soirée s'est terminée par une tombola.

Au mois de mai 1884, la Sartan donnait un grand dîner au célèbre poëte Mistral. MM. Clovis Hugues, H. Escoffier et Constantin Roche ont porté des toasts très applaudis et Mistral lut quelques fragments de *Nerto*, entre autres une description de la vie avignonnaise au moyen âge.

LES BOURGUIGNONS

19.

LES BOURGUIGNONS

Ce titre est gai, il rappelle de joyeux souvenirs. Qui n'a pas, en France, fêté le bourgogne, ce produit des coteaux qui sillonnent dans tous les sens l'ancien duché ? Les pentes sont couvertes de vignes dont les produits sont connus du monde entier.

Qui ne connaît les noms du Clos-Vougeot, Chambertin, Nuits, Chablis et une foule d'autres non moins célèbres. En traversant cette vieille province si essentiellement française, chaque colline que l'on rencontre est une illustration.

Des vins généreux en descendent à flots, vont réjouir le cœur des jeunes et réchauffer les vieillards. Aussi, autant par ses vins que par ses grands hom-

mes, la Bourgogne jouit-elle d'une réputation uni-
verselle.

Les Bourguignons habitant Paris ne pouvaient
donc rester isolés, perdus, ils devaient se réunir
comme les natifs d'autres provinces, et organiser un
dîner. Dès 1874 fut créé le repas des Bourguignons.

Le troisième mercredi de chaque mois, les sociétaires se réunissent chez Laurent Catelin, au Palais-
Royal. On ne politique pas, on cause, on rit et le
vin du pays aidant, tout se passe de la façon la plus
cordiale.

Le président d'honneur est M. Magnin, ancien
député, ancien ministre des finances et ensuite gou-
verneur de la Banque de France.

M. Mathurin Moreau, le célèbre statuaire, maire
du quatorzième arrondissement est le président effec-
tif et M. Galliac, peintre, le secrétaire de la société.

Les convives appartiennent un peu à toutes les
classes, la condition première est d'être Bourguignon.

Parmi les artistes, nous citerons MM. Lapostolet, Laurens, Chapuis, Mathieu Deroche, Paupion, Ziem, peintres; M. Hubert Clerget, dessinateur, ancien professeur à l'école d'État-Major, professeur de la maison de la Légion d'honneur de Saint-Denis. C'est lui qui a fait tous les dessins de la belle géographie de *la France Illustrée* publiée par Rouff; M. Clerget, est aussi un peintre de talent.

M. Cernesson, conseiller municipal de Paris, architecte, qui s'est attiré la haine la plus cordiale des marchands de vin de Paris par sa construction des entrepôts de Bercy. Comme on n'ose plus demander d'argent aux contribuables, on essaye de leur en prendre d'une façon détournée. Ainsi les loyers de Bercy seraient doublés, de cette façon les consommateurs payeraient leur vin plus cher, mais les habiles du conseil diront de s'en prendre aux marchands de vins. Ce sont ces derniers qui font courir ces bruits.

Ils se sont arrangés pour aller s'installer au delà des fortifications, et les soixante millions au moins que coûteront à la ville les entrepôts de Bercy — M. Cernesson fecit — rapporteront un ou deux pour cent.

M. Dampt, sculpteur.

Les hommes politiques ; M. Mugot, député, vice-président ; M. Sadi-Carnot, sous-secrétaire d'État, sénateur ; M. Ch. Mazeau, sénateur ; M. Spuller, député, un des amis les plus dévoués de M. Gambetta.

Les savants : M. le docteur Tarnier ; M. Tisserand, membres de l'Institut.

Militaires : M. le général Millot qui a succédé à l'amiral Courbet, comme commandant en chef de l'expédition française au Tonkin, le capitaine d'artillerie Pinet, inspecteur des études à l'école Polytechnique : le commandant d'État-Major Bassot.

Un avoué : M. Chaffotre.

Citons encore M. Guasco, ancien secrétaire du président Bonjean, assassiné en 1871 par les communards.

LES POÈTES

LES POÈTES

Ce dîner réunit les rimeurs publiés par Lemerre, éditeur étrange, phénoménal, considéré par beaucoup d'imbéciles ayant la prétention burlesque de posséder — toutes *leurs facultés* — comme ils disent dans leur langage correct, comme un illuminé ne possédant point sa raison et que, dans son intérêt, il fallait orner d'un conseil judiciaire en attendant que, sa folie s'accentuant, on le conduisit chez le docteur Blanche.

« Les vers le mangeront » avait dit en souriant béatement de sa plaisanterie, un de ces jocrisses.

Au lieu de le dévorer les vers l'ont enrichi, rendu célèbre. Sully-Prudhomme, un des poètes qu'il a édités est de l'Académie et Coppée y est entré en 1884.

Théodore de Banville qui cisèle la prose aussi finement que les vers est du dîner. Bon pour les autres, d'une politesse exquise, M. de Banville a des admirateurs et pas d'ennemis. Ses œuvres sont connues de tout ce que la France compte de lettrés délicats.

Un autre dîneur, M. Leconte de Lisle, a aussi un grand talent poétique, mais quoique ayant déjà écrit un nombre considérable d'ouvrages il est à peine connu. Un groupe très restreint d'amateurs a lu ses œuvres, mais le public ne les connaît pas. Il n'a pas la chaleur communicative de M. de Banville. La rime est riche, le vers irréprochable, mais on ne sent pas la vie dans tout ce travail que son auteur admire, trouve superbe, mais qu'il est impuissant à animer.

M. de Lisle vit en dehors de ses confrères en poésie au-dessus desquels il affecte de planer, mais au fond il sait bien que tout le monde se moque de lui et de ses prétentions.

Durant des années, chez Lemerre, il a traité Sainte-Beuve de prosateur sans aucune valeur et M. Victor Hugo de poète ignorant les premiers éléments de l'art de faire les vers.

Le grand poète qui plane lui, vraiment, et dédaigne toutes ces attaques de médiocrités jalouses a reçu son contempteur acharné à sa table, il lui a même une fois donné sa voix pour l'Académie. M. Leconte de Lisle ne comprit pas ce que ce vote renfermait pour lui, de dédain. Quémandeur sans vergogne, il reçut de Napoléon III une pension mensuelle de trois cents francs, sur la cassette impériale. M. Auguste Vitu, un bonapartiste militant lui fit obtenir, en plus, cent vingt-cinq francs par mois de M. Duruy, alors ministre de l'instruction publique.

Dissimulant avec soin ses ressources, M. de Lisle se posait en victime du gouvernement de l'empereur, lui républicain, et offrait à ses amis républicains, du thé et des sandwichs payés avec l'argent du souverain. C'était un comble.

Mais M. Leconte de Lisle est de ceux qui ayant bu toute honte, sont simplement contrariés lorsque sont rendus publics des actes comme celui que nous signalons, et n'en sont nullement humiliés.

Il chercha qui pourrait bien le pensionner. Coppée donna sa démission de bibliothécaire au Sénat et fit nommer à sa place M. de Lisle qui le détestait et dont la haine s'augmenta en proportion du service rendu.

Au mois d'avril 1884, le *Temps* publiait un article sur un volume de M. de Lisle. On disait que le poète, pour se distinguer de la masse des Leconte avait ajouté à son nom de Lisle. L'auteur des *Poèmes antiques* répondit aussitôt :

Paris, le 20 avril 1884.

Monsieur le rédacteur,

Je lis, dans un article du *Temps*, que je ne signe pas de mon vrai nom,

J'ai l'honneur de vous informer que je possède tous les papiers de famille qui me donnent le droit qui m'est contesté, Mon père, mon aïeul, mon bisaïeul, etc. se nommaient *Le-*

conte de Lisle ; mais je ne me crois pas obligé de soumettre ces preuves incontestables à ceux qui en douteraient. Les archives du ministère de la marine et des colonies et de la grande chancellerie de la Légion d'honneur répondront pour moi à qui voudra les interroger.

Je suis, d'ailleurs, de ceux qui savent se faire un nom et qui ne le fabriquent pas.

Agréez, etc.

LECONTE DE LISLE.

Le *Temps* inséra cette grossièreté sans même lui faire l'honneur d'un commentaire, l'auteur étant de ceux avec lesquels on ne discute pas.

Mais, comme il dit, il est de ceux qui savent se faire un nom... Robert Macaire aussi, s'est fait un nom.

M. Gabriel Marc, M. Albert Mérat et beaucoup d'autres poètes dont nous avons déjà cité les noms font partie du dîner. Naturellement M. Coppée en est.

Lorsque l'auteur du *Passant,* fut nommé à l'Académie, Lemerre convoqua à l'hôtel du Louvre tous les amis du poète pour leur offrir un banquet. La soirée fut très brillante et l'éditeur se montra comme toujours fort gai, faisant des jeux de mots lamentables. A la fin de la petite fête il invita chacun des assistants à passer chez lui, à la Galerie Choiseul ; en échange de cette visite courtoise il offrait un exemplaire de luxe de *Severo Torelli*.

Décidément les vers ne l'ont pas mangé !

Le joyeux docteur Belliol était au nombre des convives, mais son concours scientifique fut inutile, il n'y avait là aucun *homme affaibli*, donc pas de *conseils* à donner.

La *Patrie* offrit aussi un banquet à son collaborateur à l'hôtel Continental. Là encore il y eut des toasts des vers.

Cette élection remit en circulation un pastiche charmant qui avait paru déjà sous le titre du *Homard à la Coppée* :

C'était un tout petit homard de Batignolle,
Nous l'avions acheté trois francs place Bréda ;

En vain, pour le payer moins cher, on marchanda.
Le fruitier, cœur loyal, n'avait qu'une parole.

Nous portions le cabas tous deux à tour de rôle.
Comme nous arrivions aux remparts, Amanda
Entra dans un débit de vin et demanda
Deux setiers. — Le soleil dorait sa tête folle !

Puis ce furent des cris, des rires enfantins.
Nous avions une allure étrange de pantins
Mangeant du crustacé de façon coutumière.

Nous revînmes le soir peu nourris, mais joyeux,
Et d'un petit homard nous fîmes trois heureux,
Car elle avait gardé les pattes pour sa mère !

M. Charles Monselet, un poète exquis, serait dit-on l'auteur de cette charge spirituelle.

Le dîner des Poètes a lieu tous les mois, chez Brébant, on le nomme plus souvent le dîner de *l'Homme à la Bêche*, à cause du bonhomme simplement vêtu de cet instrument aratoire qui orne la couverture des livres sortant de la maison Lemerre.

LA MACÉDOINE

LA MACÉDOINE

Ce dîner, en 1884, en est à sa douzième année d'existence. C'est donc une des plus anciennes réunions de ce genre. Aussi compte-t-elle les noms les plus célèbres de l'art et de la littérature.

Le président fondateur est M. Carolus Duran et le vice-président M. Jules Claretie.

L'illustre peintre est universellement connu. Qui ne s'est arrêté devant les portraits charmants éclos de son pinceau ? Quel amateur n'a pas un tableau, une étude, une simple esquisse de lui ? L'atelier du passage Stanislas est fréquenté par tous ceux qui s'occupent d'art ; les maîtres de l'escrime eux-mêmes ont dans M. Carolus Ducan un collègue très distingué, car l'éminent artiste manie l'épée avec autant d'habileté que le pinceau.

Aussi le voit-on dans tous les assauts, soit comme juge, soit comme simple amateur, prononçant en dernier ressort sur la valeur des coups, ou donnant simplement son avis.

M. Claretie est en littérature ce qu'est M. Duran en peinture. Travailleur infatigable, il produit et produit toujours. Jamais il ne s'est montré dur pour ses confrères débutant dans la carrière si difficile des lettres.

Les autres membres de la Macédoine sont : Georges Charpentier, l'éditeur : M. Roger Ballue ; M. Augustin Challamel, historien de grande valeur, et très connu. MM. Jules Comte ; Ch. Degeorge : L. Dunayrouze, qui joint à ses qualités positives d'ingénieur, le talent délicat du poète ; A. Closset ; Paul Deroulède, encore un poète d'un patriotisme exubérant. Il poursuit partout ce qui dans Paris, a l'air de faire des concessions aux Allemands. Nous ne croyons pas à l'efficacité de ce procédé, mais nous sommes malgré tout, admirateur de M. Deroulède, et ne nous sentons pas le courage de le blâmer. M. Deroulède, poète ; M. Claretie, prosateur ; M. Léon Couturier, peintre militaire sont rédacteurs du *Drapeau Français*, un vaillant journal qui réchauffe le patriotisme des indolents et maintient à un niveau élevé l'ardeur des passionnés.

M. Paul Dubois, professeur à l'école des Beaux-Arts ; M. Falguières ; M. Feyen Perrin ; M. Coquelin cadet, de la Comédie Française. M. Coquelin a eu pendant un temps le goût de l'équitation, mais un jour dans une promenade au bois de Boulogne, Cadet qui peut-être avait eu des mots désagréables pour sa monture, fut brusquement renversé et dans sa chute se cassa le bras.

Cet accident le décida à renoncer aux chevaux : « Comme comédien, dit-il, je gagne ma vie, comme cavalier je me casse un membre, après y avoir mûrement réfléchi je renonce à monter à cheval ! »

20.

Le peintre Henner, le graveur Huot ; Kreyder, un alsacien comme Henner ; les fleurs et les fruits ont dans M. Kreyder un admirateur qui reproduit sur la toile leurs couleurs les plus brillantes.

M. Hayem ; M. Girard ; le sculpteur Delaplanche qui avait pris pour épigraphe de sa statue l'Ensommeillée, ces vers de Coppée :

Elle va s'endormir, la belle fille d'Ève,
Et lâchant son bouquet, la main vient de s'ouvrir.
Et vous êtes, ô fleur, heureuse de mourir,
Car c'est pour embellir et parfumer son rêve.

Le célèbre bijoutier en faux qui a mis tout ce qu'il possédait d'intelligence à ruiner notre pays en gaspillant nos finances, nous avons nommé M. Tirard, fait partie de la Macédoine. S'il se livre à des divagation sur l'art de conduire un grande nation à la banqueroute il doit avoir énormément de succès. Républicains de toutes nuances et conservateurs sont d'accord sur sa colossale incapacité comme ministre des finances. Lui seul a conservé sur sa valeur quelques illusions qu'il tient à conserver.

L'écrivain humoristique, Louis Leroy ; M. Édouard Pailleron, l'auteur du *Monde où l'on s'ennuie*, sont du dîner. M. Leroy a fait représenter sur différentes scènes parisiennes des pièces toutes pétillantes d'esprit ; quant à M. Pailleron ceux qui ne se sont pas ennuyés en écoutant sa comédie ne se comptent plus. Ils sont légion et leur nombre s'accroît tous les jours.

M. Paladilhe, M. André Deroulède, le dessinateur Lix ; M. G. Lafenestre ; M. Camille Bornot ; M. Georges Decaux, l'éditeur des publications illustrées, sont des macédoniens convaincus. M. Decaux est certainement l'homme de Paris qui a le plus créé de journaux. Journaux de romans, de voyages, de modes, quotidiens, bi-hebdomadaires, hebdomadaires, mensuels. Beaucoup de ces feuilles n'ont pas vécu, parmi celles qui survivent nous citerons *la Caricature* qui chaque semaine publie des dessins de

Robida, M. Jules Demolliens, rédacteur en chef du *Moniteur de la Semaine* est chargé du texte de *la Caricature*.

Le compositeur Jules Massenet ; le sculpteur Mercié ; le peintre Français, une de nos gloires artistiques ; M. E. Muntz, critique d'art au *Temps* ; M. Sully-Prudhomme, de l'Académie Française ; M. C. Moyaux, M. Parrot, un peintre dont les œuvres figurent à toutes les expositions et ne passent point inaperçues du public ; M. Tony Noël ; M. Albert Pesson ; M. Lucien Marc qui dirige avec une incontestable autorité, *l'Illustration*.

Armand Silvestre, qui a inventé deux types étonnants, le commandant Laripète et l'amiral Lekelpudubec ; M. Georges Pouchet ; M. Albert Pesson ; le peintre de portraits E. Sain ; le paysagiste Paul Sédille ; M. R. de Saint-Marceaux.

Un sociétaire, M. Ismaël est à Marseille ; un autre M. Georges Soupe, habite Londres.

Le secrétaire de la Macédoine est M. Eugène Pitou, un jeune journaliste qui a été secrétaire de la rédaction du *Télégraphe*.

FIN

TABLE DES MATIÈRES

	Page
Dédicace	VII
Les Gens de Lettres	3
Dîner Dentu	11
La Cigale	25
Les Spartiates	41
La Marmite	49
L'Hippopotame	55
La Vrille	73
Le Dîner de l'Est	79
Dîner du Cercle de la Critique	91
La Tintamarmite	105
Dîner des Peintres	113
Les Gaudes	119
Le Pluvier	129
Dîner Bixio	137
L'Arche de Noé	145
Les vilains Bonshommes	157
Les Têtes de Bois	165
Les Prix de Rhum	173
Les Rigobert	181
Le Parnasse-Club	189

	Pages
La Pomme...	193
Le Pot-de-Feu	207
Les Parisiens de Paris	213
Le Nénuphar	221
L'Alouette	227
La Chasse illustrée	235
La Soupe aux choux	241
Le Dîner celtique	251
The Pen and Pencil Club (cercle de la plume et du crayon)....	255
Le Bon Bock	261
Les Quatre Saisons	269
Les Termes	279
Le Bœuf Nature	285
Les secrétaires des théâtres	293
L'Arlequin	311
Les Burinistes	323
La poêle à frire	329
Les Bourguignons	335
Les Poètes. (L'Homme qui bêche)	341
La Macédoine	351

Châteauroux. — Typographie et Stéréotypie A. MAJESTÉ.